Carlo Boldrighini

COMUNQUE PAOLO
romanzo

Youcanprint Self - Publishing

Titolo | Comunque Paolo
Autore | Carlo Boldrighini
Copertina a cura dell'autore
ISBN | 978-88-67512-17-1

Youcanprint *Self - Publishing*
Via Roma, 73 - 73039 Tricase (LE) - Italy
Tel. +39/0832.1836509
Fax. +39/0832.1836533
www.youcanprint.it
info@youcanprint.it
Facebook: facebook.com/youcanprint.it
Twitter: twitter.com/youcanprintit

Capitolo I

"Cosa fai lì, al buio,tutto solo? Non hai fame? Tra poco è pronto in tavola, sbrigati." Sara aveva fatto capolino dalla porta della camera di Franco e, con la scusa della cena quasi pronta, aveva cercato, con un tono disinvolto, di scuotere il fratello da quella forma di abulia nella quale era caduto da un paio d'anni.

Franco volse il capo verso la sorella con un lieve accenno di sorriso sul volto, come per ringraziarla per la sua premura. " Sì, grazie. Vado a lavarmi le mani e vengo subito."

Franco era perfettamente consapevole che se Sara – e come Sara chiunque altro- gli avesse chiesto a che cosa pensava quando se ne stava in silenzio, al buio, nella sua camera, con lo sguardo fisso nel vuoto, in tutta onestà non avrebbe saputo che cosa rispondere con esattezza.

I ricordi si aggrovigliavano come il filo di una matassa di lana, provocandogli una specie di torpore, una sensazione molto simile al nuotare, anzi no, non al nuotare, ma al lasciarsi andare a fondo senza opporre nessuno sforzo per tornare a galla e questi ricordi disordinati riguardavano tutti Paolo.

Paolo se ne era andato da due anni, ormai, dopo essersi trascinato dietro una seria malattia la cui causa scatenante, seguìta da un progressivo, irreversibile aggravamento fu, a detta dei medici, il suo sovrappeso che non era mai riuscito a tenere sotto controllo.

Il mangiare era sempre stata la sua ossessione e in più, oltre che essere un buongustaio, era anche un ottimo cuoco, il che non semplificava affatto le cose.

Aveva il culto del cibo, a cominciare da come si apparecchiava la tavola: la forchetta a sinistra, a destra il coltello- con la parte tagliente verso il piatto- e, alla destra del coltello, il cucchiaio.

Quindi il bicchiere per l'acqua, quello per il vino e così via. E guai a chi sbagliava! Questo rito lo osservava anche quando mangiava da solo. Diceva che in quel modo anche pane e cipolla avevano un sapore migliore.

E non basta. C'era anche il problema del fumo. Due pacchetti al giorno: quaranta sigarette tutte avidamente gustate fino a che i baffi non rischiavano di prendere fuoco.

Quando andavano a Benidorm, e durante l'anno ci andavano due o tre volte, una valigia era destinata alle stecche di Coronas: tabacco nero, cioè il più forte.

Essendo un cliente da tenersi caro, il tabaccaio di avenida del Mediterraneo gli dava in omaggio delle intere scatole di accendini oppure degli impermeabili estivi, molto leggeri, che lui chiamava *preservativi*. Naturalmente il suo carattere autoritario non gli consentiva di accettare osservazioni che riguardassero entrambe le sue debolezze. Quando due interventi chirurgici sostenuti alla colonna vertebrale lo bloccarono temporaneamente in casa e rimaneva a corto di sigarette, non potendo contare su Franco, che si era tassativamente rifiutato di assecondarlo, ricorreva alla complicità dei suoi nipoti. E, nell'attesa...mangiava.

Quando si conobbero Paolo, alto un metro e ottantatré, pesava meno di ottantacinque chili, tutti splendidamente distribuiti per tutta la sua altezza. Quando morì ne pesava centosedici. Nei ventitré anni del loro rapporto, fra alti e bassi, a seconda dell'impegno che metteva nel seguire le diete assegnategli dai vari medici che costellarono la sua vita, era aumentato di oltre trenta chili.

Ventitré anni insieme. Non tutti piacevoli, certo, non tutti facili, ma tutti, assolutamente tutti, colmi di quelle emozioni che nascevano dai loro temperamenti sicuramente contrastanti, sì, ma che davano linfa al loro rapporto.

Paolo gli aveva dato la possibilità di assaporare quell' esperienza unica che si prova quando si vive in due: quella sensazione straordinaria che ti viene dalla assoluta consapevolezza di fare parte di qualche cosa, meglio, di qualcuno, sensazione così bene espressa nella canzone *'People'* dalla voce di Barbra Streisand quando dice: '...*with one person, a very special person, a feeling deep in Your soul says You were half, now You're whole* - ...(quando stai) con una persona, una persona molto speciale, un sentimento che nasce dal profondo della tua anima dice che mentre prima eri un essere a metà, ora sei un essere completo'.

Ciò che Franco trovò più difficile, nei primi mesi dal distacco, fu il dover prendere atto che, da quel momento, avrebbe dovuto ricominciare a convivere con se stesso: rinunciare a quei programmi e a quelle regole di vita che si era abituato a condividere con il compagno, rinunciare alle abitudini che fino ad allora avevano marcata la loro vita e tornare a quelle che aveva abbandonate subito dopo avere preso drasticamente la decisione di andare a vivere con lui.
La sua morte aveva rappresentato per Franco molto più di un distacco: era stata un' autentica mutilazione il cui dolore aveva riempita tutta la sua esistenza.
La sua mente si era concentrata soltanto sullo strazio della perdita di un compagno con il quale aveva vissuto quasi un terzo della sua vita. Non c'era spazio per niente altro se non il ricordo della sua lunga, crudele malattia, accompagnata da una sofferenza che sembrava non dargli tregua. Erano immagini che Franco sapeva si sarebbe portate dietro per sempre.
Con il passare del tempo il dolore lacerante si era attenuato, è vero, però si era fatto più subdolo, perché a quel punto aveva reso Franco consapevole che quella mutilazione faceva di lui una persona imperfetta, limitata, incompleta.
Da quando Paolo se ne era andato - a volte aveva quasi timore

ad usare la parola *morto* , come se, pronunciandola, Paolo avesse potuto morire una seconda volta - la sua vita era andata avanti automaticamente. Gli sembrava, quasi, di non avere più interessi a cui dedicarsi. Il cinema, il teatro, le mostre sembravano aver perso tutta la loro importanza. Gli capitava, a volte, di decidere di andare a vedere un film e di uscire dalla sala dopo neanche un'ora: gli riusciva insopportabile l'idea di starsene seduto di fronte ad uno schermo sul quale veniva proiettata una storia che per lui era totalmente priva di significato, di interesse. La sua mente era concentrata su quelli che erano i suoi pensieri persistenti, sull'immagine di un futuro senza il suo compagno, senza più scopi.

Naturalmente seguitava a frequentare gli amici di sempre e, nei momenti in cui era in loro compagnia, riusciva a bloccare la piena del fiume di ricordi che lo tenevano disperatamente legato a lui. Era arrivato al punto di convincersi che quanto più belli essi erano tanto maggiore era il dolore che gli arrecavano. Non riusciva a rassegnarsi al fatto di non avere più progetti da portare avanti insieme e di dovere ricorrere a stratagemmi per affrontare il lento trascorrere del tempo e fare venire sera.

Ci fu un giorno che, all'improvviso, decise di andare al Foro Romano e da lì al Palatino.

Erano diversi anni che non visitava i Fori Imperiali e, fra i nuovi reperti, c'era anche lo Studio di Augusto, che lo interessava soprattutto per gli affreschi, da poco portati alla luce e che erano riusciti a risvegliare la sua curiosità.

Era agosto e la giornata era caldissima. Franco, in attesa di arrivare davanti alla biglietteria, si guardava intorno, intimamente divertito nell'osservare i numerosi turisti che, ordinatissimi, boccheggiavano cercando un po' di sollievo al caldo usando i depliants turistici come ventagli, nella rassegnata speranza che arrivasse presto il loro turno; oppure osservando quelli che avevano già superato il controllo e, alla ricerca di un possibile refrigerio, infilavano a turno le loro teste sotto il getto d'acqua della fontanella situata nei pressi della Casa delle Vestali, lungo il tratto della via Sacra che conduceva al Colle Palatino, dove erano ubicate la Casa di Augusto e quella di Livia.

Non poteva farci niente. Era più forte di lui. Adorava il caldo, il sole, l'estate: per lui quella temperatura rappresentava il suo microclima ideale e, con la stessa intensità con cui amava l'estate, odiava la stagione invernale, con il suo freddo, la pioggia, gli abiti pesanti, i piedi eternamente freddi. Tutto.

Ricordava quando le sere d'inverno si infilava sotto le coperte e i suoi piedi gelati cercavano subito i polpacci caldi di Paolo. "Ma cos'hai al posto del sangue" borbottava lui e mentre glieli chiudeva in una calda morsa lo attirava a sé abbracciandolo stretto.

Forse, pensava, l'unica cosa positiva dell'inverno era la certezza che ogni giorno che passava l'avrebbe avvicinato sempre di più all'estate prossima. Si divertiva a spuntare i giorni sul calendario a cominciare dal 1° gennaio fino al 21 marzo, inizio della primavera e quindi anticamera dell'estate. Erano esattamente 80 giorni, tranne negli anni bisestili quando i giorni diventavano 81. Veramente una cosa seria. Patologica, quasi.

Seguendo le indicazioni poste lungo il percorso che saliva al Palatino, si diresse verso la Casa di Livia e quella di Augusto.

Le trovò entrambe chiuse! Il martedì quei due locali, proprio quelli, proprio il martedì, venivano chiusi al pubblico.

Rimase per un po' di tempo a girovagare fra i resti dei palazzi imperiali, con i loro imprevedibili, ineguagliabili squarci sulla Roma sottostante, e fra le imponenti rovine del Foro che non cessavano di esercitare su di lui la stessa magia della prima volta che le aveva viste; poi si avviò verso via del Corso per prendere l'autobus che l'avrebbe ricondotto a casa, parzialmente deluso della sua visita archeologica.

Dopo la morte di Paolo era tornato a vivere con la sorella nella casa di famiglia.
Aveva ripreso possesso della sua camera che era rimasta così come lui l'aveva disegnata quando aveva cominciato a lavorare. Una parete era completamente occupata da una libreria zeppa, oltre che di libri, anche di collezioni di riviste di cinema e di cd. In uno spazio rimasto miracolosamente vuoto aveva appeso, ben incorniciata, una pagina tratta da una rivista americana riproducente il poster del film *The Three Caballeros* di Walt Disney, un film che gli procurava una grande allegria ogni volta che se lo riguardava. Era stato uno dei primi dvd che aveva acquistato.
Sulla parete di sinistra, vicino alla finestra, una libreria alta e stretta conteneva raccoglitori con riviste di cinema francesi ed inglesi e, fra questa e il letto, incombeva il tavolo da disegno, che veniva utilizzato ormai quasi esclusivamente come scrivania e che occupava la maggior parte dello spazio restante.
Sulla parete di destra aveva dovuto sacrificare una scaffalatura bassa per il mobile del computer. Quanto al letto, questo era inserito fra due armadi guardaroba che occupavano la parete di fronte alla libreria.
Gli capitava spesso di guardarsi intorno e pensare di alleggerire la stanza, dandole una nuova sistemazione, ma rimandava sempre alla 'settimana prossima' quella decisione.
Entrato in casa si diresse subito verso la sua stanza e si sedette al suo posto di lavoro.
Dopo avere inserito un disco di Ella Fitzgerald, quello nel quale cantava con la sua voce inimitabile *You'll never know just how much I miss You* - quale altra del resto?- si mise a riordinare i fogli sparsi sul ripiano e cominciò a leggere le note appuntate

nei giorni precedenti e che avrebbero dovuto costituire la base di partenza di quella che sperava sarebbe stata la nuova stesura del libro che aveva già scritto e che era già stato pubblicato in sordina un anno prima.

Gli venne in mente che, durante la cerimonia di presentazione, Tiziana, una sua amica che si trovava in mezzo allo sparuto pubblico, fingendo di non conoscerlo, si alzò per domandargli: "Signor Franco, mi permetta una domanda. Se Paolo oggi fosse qui fra noi, che cosa pensa che direbbe del fatto che Lei si trova qui a presentare un libro che parla di voi due e della vita che avete condotto insieme?"

Franco, che aveva sperato sino ad allora che non gli sarebbero state fatte domande, la guardò come per dirle 'Dopo facciamo i conti' poi, meravigliandosi della propria prontezza rispose: " Più o meno quello che disse quando vide per la prima volta le lenzuola stirate da me: *Era ora che te mettessi a lavora'.*"

L'applauso che ricevette dal pubblico presente lo gratificò e, intimamente, commosse.

Sì, pensava proprio di ampliarlo, il libro, di arricchirlo con nuovi episodi, nuove descrizioni, nuove osservazioni. Voleva che assumesse la consistenza, l'aspetto di un romanzo.

Scrivere gli piaceva. Lo metteva di fronte a se stesso, o meglio, era come se fosse l'interlocutore di se stesso. Gli dava il coraggio di tirare fuori gli aspetti più riposti del suo carattere e di dare risposte sincere ad alcuni perché rimasti fino ad allora irrisolti: di mettere le carte in tavola, insomma. Era come se lo scrivere gli permettesse di dividersi in due: il Franco come appariva agli altri, cordiale, un po' timido, imbranatissimo e il Franco con la sua parte più intima, quella che teneva più nascosta, quella più soggetta ai richiami della sua coscienza o, come la chiamava lui, il suo Buon Senso, che molto spesso, anzi, quasi sempre, rimaneva inascoltato.

Comunque due aspetti che, messi insieme, formavano sempre lo stesso autentico Franco.

Quasi subito dopo la morte di Paolo, non riuscendo a superare quel senso di vuoto che gli dava la sua assenza, aveva sentito il bisogno di scrivere qualche cosa su di lui, non perché volesse parlare *di* lui, ma perché voleva parlare *con* lui e, mano a mano che procedeva nella scrittura, quelle pagine assumevano la connotazione di una lunga lettera e, in seguito, la lettera quella di un autentico racconto.

In esso cercò di rivivere tutto quello che aveva condiviso con il suo compagno: i momenti teneri, quelli duri, le liti, i tradimenti, le riappacificazioni, i progetti, tutto pur di sentirlo ancora accanto a sé.

Perché la connotazione di una lettera? Forse perché le lettere si scrivono ai vivi e Franco voleva, pretendeva quasi, che Paolo fosse ancora vivo.

Quella di rielaborare il suo libro, dandogli l'aspetto di un romanzo, era una forma di ossessione che lo aveva letteralmente assalito quando, rileggendolo dopo che era stato pubblicato, si era reso conto di avere sintetizzato in poche pagine – per questa ragione sentiva quasi una forma di pudore a chiamarlo 'libro' - i ventitré anni trascorsi con il compagno omettendo- a volte dimenticando- episodi, squarci della loro vita che, ripensati, magari non risultavano importantissimi, ma certamente erano molto indicativi dei loro caratteri.

Era anche una forma di ambizione - perché negarlo - che non lo abbandonava e gli faceva sorgere la domanda su quale fosse il modo migliore per iniziare. Pensò che forse il primo passo da fare sarebbe stato quello di evitare l'uso della prima persona, che avrebbe portato inevitabilmente all' autobiografia.

Esaminò di nuovo le note scritte nei giorni scorsi e capì subito che, sebbene si rivelassero indiscutibilmente utili come base di partenza, i riferimenti autobiografici, benché tenuti sotto controllo, benché mascherati, sarebbero stati inevitabili.

Cominciò con il pensare di cambiare i nomi dei personaggi e di rielaborare quelle situazioni che avrebbero costituito dei riferimenti precisi, facilmente riconoscibili, fino a che, procedendo nella narrazione, aiutato dall'immaginazione, non avrebbe automaticamente compreso che si stava avviando sempre più verso l'invenzione, verso il *romanzo,* appunto.

Sì, pensò, quella era sicuramente la strada migliore da seguire.

Si alzò per cambiare il disco, che nel frattempo era terminato. Lo sostituì con uno di Artie Shaw che accompagnava, con la sua orchestra, la calda voce di Helen Forrest che cantava *In a moment of sadness.*

Quindi tornò alla scrivania, prese la penna e cominciò a scrivere: *'Cosa fai lì al buio, tutto solo? Non hai fame? Tra poco è pronto in tavola...'*

I giorni seguenti li trascorse dedicandosi completamente alla sua nuova impresa, con una frenesia costellata di asterischi, richiami, pagine accartocciate che andavano a riempire il cestino dei rifiuti, intere frasi eliminate e sostituite con altre nuove.

I fogli si accumulavano caoticamente fino a che si rese conto dell'assoluta necessità di raggrupparli secondo un ordine cronologico e quindi trasferirli sul computer, dove sarebbe stato più facile effettuare un successivo controllo al quale sarebbero seguiti, con la inevitabile rielaborazione, altri cambiamenti.

Quando si accorgeva che se ne stava da troppo tempo con la punta della penna appoggiata sul foglio e lo sguardo fisso su un punto qualsiasi della scrivania, senza prestare attenzione a nessun oggetto in particolare, in quel momento capiva che era giunto il tempo di staccare, di scaricarsi.

Allora riempiva una valigia con le cose che gli erano

indispensabili ed andava a rifugiarsi a Montesilvano, una cittadina vicinissima a Pescara, quasi un' estensione di essa, nella casa dove lui e Paolo avevano trascorso parte degli ultimi due anni della sua vita.

A volte, specialmente d'estate, il periodo in cui decideva di andarci coincideva con quello in cui anche la nipote di Paolo, Elena, con il suo compagno Diego e i loro due bambini, vi si trasferiva per trascorrervi le vacanze, ma ciò non rappresentava un problema, perché la casa era grande abbastanza da accoglierli agevolmente tutti.

Elena e Diego formavano una bellissima coppia: lui ricordava vagamente il Marlon Brando del 'Giulio Cesare' di Mankiewicz e la sua innata simpatia era accentuata da un controllato e musicalissimo accento napoletano. Elena non aveva una cosa che non rientrasse nei canoni della bellezza e quanto meno era truccata tanto più il suo ovale perfetto acquistava luce, specialmente quando aveva i capelli raccolti sulla nuca. E le mani splendide e la figura. Forse il suo fascino maggiore risiedeva proprio nel fatto che sembrava non rendersi conto di averne tanto.

Franco sentiva molto affetto per questi nipoti acquisiti e tutti loro rappresentavano un toccasana per il suo stato d'animo, ora che Paolo non c'era più. La mattinata la trascorreva al mare, quasi sempre immerso nell'acqua oppure facendo lunghe passeggiate seguendo il bagnasciuga. A volte si intratteneva con i due bambini i quali, con un retino, erano costantemente alla ricerca di granchi.

"Guarda, zio Franco. Ho preso soltanto una chela. Peccato. Era un granchio gigantesco!" lamentava sconsolato uno dei due. Oppure: " Guarda là, zio! c'è una *bavosa*. Stai a vedere come la prendo subito!" e zio Franco evitava di chiedere che cosa fosse una *bavosa* per timore di perdere la loro stima.

In genere si tratteneva fino a metà pomeriggio. Saltava quasi sempre il pranzo e si accontentava di mangiare della frutta o un panino. Rientrato a casa, il resto della giornata la passava leggendo, guardando la TV o, molto spesso, giocando a carte con Elena e Diego, specialmente la sera dopocena. Le partite a carte con loro due era un autentico spasso. Si ostacolavano ferocemente l'uno con l'altra e il loro linguaggio si faceva sempre più colorito mano a mano che si procedeva nel gioco.

Però, nonostante queste brevi parentesi di serenità, su tutto gravava, inesorabile, la mancanza del compagno, soprattutto in *quella* casa.

Nei momenti in cui la malinconia si faceva più pesante, per scaricare la mente, telefonava ad Arturo, che viveva a Barcelona o a Juan, che viveva a Madrid, entrambi due amici spagnoli presso i quali lui e Paolo erano soliti sostare per alcuni giorni – a seconda del tragitto aereo che avevano scelto - prima di procedere per Benidorm, dove avevano la loro casa e dove andavano diverse volte durante l'anno.

Entrambi amavano moltissimo la Spagna; la consideravano quasi come una loro seconda patria.

Sia Arturo che Juan, dopo la disgrazia, lo invitavano ripetutamente a trascorrere un periodo di vacanza a casa loro, ma Franco non sapeva decidersi. Che effetto gli avrebbe fatto, pensava, rivedere con gli stessi amici, ma senza Paolo, quei posti che aveva conosciuti, vissuti con lui? Però, considerò, forse ritornare in quei luoghi, rifrequentare quei locali dove Paolo era solito portarlo quando si trovavano a Madrid, forse incontrare nuove persone oppure rivederne altre già conosciute in passato, sì forse tutto questo avrebbe potuto rappresentare un toccasana per la sua mente . Doveva proprio uscire da quel grigiore che erano diventate le sue giornate e che stava risucchiandogli ogni slancio vitale.

Decise che avrebbe accettato l'invito di Arturo, il quale possedeva una casa a Malaga, città che Franco non aveva mai visitato e dove probabilmente sarebbe andato a febbraio, quando generalmente fa più freddo a Roma. Quando espresse all'amico la sua decisione, Arturo replicò: *"Sì, pero no una semana, como tu costumbre. Un mes!"*

Gli tornò alla mente la vita che aveva condotto negli anni ottanta, prima di conoscere Paolo. Forse oggi l'avrebbe considerata vuota e forse era la verità. Però era anche vero che senza quel tipo di vita lui e Paolo non si sarebbero mai incontrati.

Era comunque innegabile che, prima di incontrarlo, non si era fatto sfuggire neppure un'occasione pur di rendersela il più piacevole possibile, anche perché era convinto che, con il tipo di avventure che lui cercava e che si guardava bene dal lasciarsi scappare, i sentimenti non avevano nessun ruolo. Con queste premesse era molto difficile che pensasse di mantenere a lungo una relazione, dal momento che era sempre la curiosità quella che vinceva e che, a volte, lo poneva in situazioni imbarazzanti o insolite.

Si può proprio dire che, dopo avere deciso, non senza esitazioni e scrupoli, di dare quella svolta definitiva che avrebbe cambiato totalmente la sua esistenza, si era come scatenato, quasi a volere recuperare il tempo che aveva perduto nell'assurda, inutile lotta contro quelle scelte alle quali non sapeva più rinunciare.

Aveva tentato disperatamente, quando aveva capito quale era la sua vera natura, di combatterla come se si fosse trattato di un raffreddore, cercando di convincersi che, così come questo se ne sarebbe andato con un po' di aspirina, nello stesso modo le sue inclinazioni sarebbero scomparse con la prospettiva del matrimonio.

Aveva seguitato a frequentare alcune ragazze, non molte per la verità, ed era anche riuscito ad ingannarle dal punto di vista sensuale - un'operazione esclusivamente *meccanica* che non gli era difficile praticare - però ogni volta che usciva dall'esperienza provava un senso di totale, amara insoddisfazione, consapevole che la sua felicità e la sua serenità risiedevano altrove. Con l'andar del tempo, tuttavia, comprese che, il proseguire su quella strada, avrebbe significato crearsi un futuro di infelicità per sé e per la sventurata che si fosse messa con lui.

Una sera che era andato a cena a casa di un'amica americana, Virginia - Ginny per gli amici - nell'accomiatarsi, accettò di dare un passaggio ad uno degli ospiti, Danny, un canadese dall'aspetto gradevole e dichiaratamente gay, che abitava in una piazza che si trovava lungo il percorso che Franco avrebbe dovuto fare per tornarsene a casa.

Raggiunta l'abitazione, si trattennero un po' in auto a parlare di cinema e di dive del passato.

Si divertirono a citare frasi celebri e a giocare a chi sapeva riconoscere da quale film erano tratte. Poi il discorso scivolò sulle attrici: ne citarono moltissime, per trovarsi alla fine d'accordo nel ritenere Ava Gardner la più bella in assoluto.

" Fantastico!" esclamò il Canadese. " Non mi era mai capitato di incontrare una persona così ferrata in materia come te."

" Non è difficile capire perché." replicò Franco. " Per la mia generazione, subito dopo la guerra, il cinema rappresentava non soltanto l'unico divertimento alla portata di tutte le tasche, ma anche un potente mezzo d'evasione, un rifugio dagli affanni quotidiani, un veicolo per volare nel mondo dei sogni. Molto spesso io e il mio gruppo di amici tornavamo a vedere lo stesso film quattro, cinque volte di seguito. Forse quello che vedemmo più volte fu *Le Avventure di Robin Hood* con il mitico Errol Flynn. Per non parlare poi delle riviste cinematografiche; ne uscivano a dozzine: *Cine Illustrato, Cine Bazar, Fotogrammi, Hollywood,* e chissà quante altre, tutte ricche di foto dei film e degli attori del momento, riviste che compravamo a volte a costo di grandi sacrifici per le nostre finanze. Una favola, credimi."

Seguirono alcuni minuti di silenzio.

" Si è fatto tardi" osservò Franco. " E' stato un piacere conoscerti. A presto, spero."

Avviò il motore. Nell'atto di scendere dall'auto Danny si voltò verso di lui, dicendo: "Senti, perché non sali un momento? Ci prendiamo un altro bicchiere di qualche cosa e seguitiamo a parlare di questa nostra passione che è il Cinema. Per me sarebbe proprio una festa, perché non mi capita quasi mai di farlo. Tanto domani è sabato. Lavori, forse?"

" No, no. Va benone. Non ci sono problemi." accettò Franco con prontezza.

Aveva intuito perfettamente a che cosa mirasse Danny ed era dispostissimo ad accontentarlo. Non cercava altro.

Non che gli piacesse in modo particolare, ma capiva che rappresentava, in quel momento, l'unica occasione a portata di mano per indurlo a compiere quel passo che sentiva di non potere rimandare di un solo giorno.

Il Canadese abitava all'ultimo piano del palazzo in un appartamento con un magnifico terrazzo che affacciava sul Tevere. Il parapetto era sottolineato da una teoria di candele da giardino che il padrone di casa accese tutte nell'intento, forse, di creare un'atmosfera suggestiva.

Franco si sedette su una poltrona di vimini ricoperta da cuscini e non si scompose quando Danny, nell'offrirgli il gin tonic che gli aveva chiesto, gliene versò, forse non del tutto inavvertitamente, un po' sulla coscia. Si scusò e, con un tovagliolino di carta, fece l'atto di asciugarlo. Franco si avvide della sua esitazione.

Gli prese allora la mano che si era posata sulla macchia e la fece scivolare con decisione sulla lampo già abbassata dei pantaloni.

Tutto ebbe inizio così.

Dopo un po' di tempo che i due si frequentavano, Franco sentì il bisogno di confidarsi con Ginny.

Ginny veniva da Boston e viveva a Roma da quindici anni. Si erano conosciuti da poco nello studio di architettura italo-americano presso il quale Franco lavorava e dove lei era stata appena assunta con il ruolo di segretaria. Era una ragazza molto gradevole, dalla fisionomia molto mediterranea che tradiva le sue origini italiane.

Durante le pause-caffè familiarizzarono subito: Franco le raccontava del suo primo viaggio in America, che ebbe come prima tappa proprio Boston, città che aveva trovata incantevole. Lei era letteralmente innamorata di Roma, che conosceva come le sue tasche, così come conosceva bene tutta l'Italia che amava *ad occhi aperti,* come diceva lei. Difatti ne conosceva pregi e difetti e sapeva parlare degli uni e degli altri con molta obiettività.

Era indiscutibilmente una bellissima persona e fra di loro non ci furono mai fraintendimenti di carattere sentimentale, perché Franco ci tenne a *scoprirsi* sin dai primi giorni della loro amicizia. "Voglio che la gente mi accetti per quello che sono e non per quello che pensano che io sia o vorrebbero che io fossi." Ginny apprezzò molto quel gesto di lealtà.

La confessione di Franco circa il suo rapporto con Danny non la stupì affatto.

" Sapevo già tutto. Quando ti ha chiesto il passaggio la sera che eravate venuti a cena da me, ho subito immaginato come sarebbe andata a finire la cosa. Poi ho avuto la conferma dallo stesso Danny."

" Mi sono sempre chiesto che cosa fa per vivere." osservò Franco. "Ogni volta che gli telefono per incontrarci, e questo può accadere in qualsiasi ora del giorno, lo trovo sempre disponibile. Non lavora?"

" Mah, per quanto ne so io e per quel poco che mi ha detto, è cugino di un personaggio politico molto importante che a quanto pare lo mantiene. Beato lui!" concluse Ginny.

Danny e Franco si frequentarono per un po' fino al giorno in cui Franco, presentandosi a casa dell'amico, come oramai faceva da diverso tempo, venne ricevuto da questi in un modo alquanto freddo e distaccato.

Si diressero verso il salotto e Franco si sedette sul divano aspettando qualche chiarimento.

Dopo alcuni istanti di silenzio, Danny cominciò a parlargli di sé, di quanto successo avesse con gli uomini, quanto fosse ricercato e così via, lasciando Franco perplesso e senza parole; difatti non riusciva a capire quale potesse essere il fine di quel discorso che era una via di mezzo fra il nebuloso e farneticante.

"Basta che alzi la cornetta del telefono e faccia un fischio per vederne a decine fuori della porta" gli diceva in tono quasi esaltato, senza guardarlo negli occhi.

"Sì, va bene. Mi rallegro con te per il tuo fascino, ma qual'è il senso di tutto quello che mi stai dicendo?"

"Il senso, caro mio, è che, pur di venire con me, sarebbero tutti disposti a pagare. Per cui anche tu, se vuoi venire a letto con me, da ora in poi dovrai pagarmi."

Franco rimase immobile per alcuni secondi con, stampato sul viso, il sorriso di circostanza che aveva assunto mano a mano che ascoltava le *perle* che Danny stava propinandogli.

'Dunque è così che ti mantieni. Fai la mignotta, altro che personaggio politico importante' pensò.

Poi il sorriso diventò una risata aperta, quasi irrefrenabile.

Si alzò e, avviandosi verso la porta, disse:

" Ci deve essere un equivoco. Fra noi due quello che dovrebbe essere pagato sono io, non tu."

Si chiuse così, in modo del tutto indolore, il *periodo di iniziazione* di Franco.

Da quel momento non si lasciò sfuggire una sola occasione gli si presentasse.

Finalmente si sentiva libero e l'euforia provocata da quella nuova sensazione era tale da cancellare il timore di manifestare apertamente la sua nuova realtà.

Capitolo II

Malgrado avesse deciso di fare, senza esitazione né pentimenti, quel passo drastico che avrebbe cambiato totalmente il corso della sua vita, la sua frivolezza non gli consentiva ancora di troncare definitivamente con il sesso femminile. Sebbene fosse perfettamente consapevole che non era quella la strada che avrebbe voluto percorrere, tuttavia era altrettanto consapevole di piacere e la vanità era sempre stata una componente molto importante della sua personalità.

Di notte era solito frequentare assiduamente un piano bar di Trastevere dove il suo amico Tom, che aveva conosciuto a casa di Ginny e con il quale condivideva i gusti sul cinema e sulla musica nordamericana, suonava il piano. Quel tipo di vita gli calzava come un guanto, perché gli dava l'opportunità di conoscere persone nuove e, di conseguenza, allacciare relazioni che lo tenevano occupato quasi ogni giorno o, sarebbe più corretto dire, quasi ogni notte della settimana. Per lo più erano incontri che cominciavano all'interno del piano bar e terminavano in casa di qualcuno fino alle ore piccole; ma gli piaceva soprattutto perché era un tipo di vita che consentiva alla sua vanità di venire costantemente solleticata, specialmente quando gli chiedevano di cantare canzoni che appartenevano al repertorio di Frank Sinatra o di Tony Bennett, quali *Again* o *It's been a long, long time* . Quando Tom accennava al piano le prime note di quest'ultima canzone, Franco capiva che doveva raggiungerlo e, con il microfono in mano, dava inizio alla sua esibizione. A volte si univa a lui la cantante ufficiale del locale, una ragazza sudamericana dalla voce roca e sensuale, e con lei era di prammatica la canzone *That's all*.

Quello stile di vita, con quei momenti di successo personale, lo gratificava al punto che non gli era mai passato per la mente che forse un giorno avrebbe potuto lasciarlo, cosa che infatti avvenne - senza peraltro alcun rimpianto da parte sua - quando incontrò Paolo e andò a vivere con lui.

Le donne, soprattutto quelle sopra la quarantina, dicevano di essere affascinate dalla sua classe– questo era quanto gli riferiva Tom - e dalla sua voce. Quando le loro richieste su un bis o su una canzone si facevano pressanti, allora Tom interveniva scherzoso dicendo: " No, adesso basta con Franco. Non amo la concorrenza".

Gli piaceva intrattenersi a scherzare con loro, a volte anche un po' pesantemente, e non solo a parole, permettendosi e permettendo loro di allungare le mani, subito pronto, però, a fare dietrofront, quando si accorgeva che il rischio di essere coinvolto in storie più impegnative minacciava di farsi più serio. Tom gli riferì che un paio di queste clienti gli avevano chiesto informazioni sul suo conto, in particolare se fosse già sposato o se per caso non fosse gay, ma lui, lo rassicurò, era sempre stato molto discreto e vago nelle risposte. "Perché non lo chiedete direttamente a lui, se ci tenete tanto a saperlo" rispondeva.

Una di esse, Federica, per il semplice fatto che durante un ballo venne dolcemente sospinta da Franco in un sottoscala dove si trattennero a lungo e intimamente, probabilmente si era creata delle illusioni del tutto immotivate. Gli stava incollata non solo quando si incontravano nel piano bar, ma anche al telefono, nelle ore di lavoro. All' inizio i loro incontri erano occasionali e avvenivano all'interno del locale per terminare generalmente in macchina, dove Federica sfogava la sua carica di sensualità, mentre Franco assaporava il piacere della propria vanità appagata.

Con il passare del tempo il loro punto di incontro abituale, che fino a quel momento era stato il locale di Tom, cambiò, perché Federica, seguendo il percorso dei piani che si era prefissati, fece in modo che si incontrassero in una caffetteria, non lontana da esso, in maniera che, dopo avere consumato un espresso, avrebbero fatto il loro ingresso nel piano bar *insieme*, con lei abbarbicata al suo braccio, con la convinzione che la loro apparisse, agli occhi dei presenti, come una coppia già consolidata, e illudendosi che Franco, in qualche modo, si sarebbe sentito coinvolto, impegnato.

Voleva conoscere i suoi amici, diceva, e, dopo un po', persino la famiglia. Franco rabbrividiva al pensiero che ciò sarebbe potuto accadere realmente, e cominciava a scalpitare ed anche a spaventarsi.

"Non mi basta conoscere di te solo il lato notturno, mondano." diceva lei. "Vorrei conoscere l'ambiente che frequenti, i tuoi amici, la tua famiglia, come passi il tempo quando non vieni qui". Le risposte erano sempre piuttosto evasive e, a volte, dure.

" Come vuoi che le passi, le mie giornate" rispondeva seccato. "Dopo il lavoro, che a volte mi tiene occupato fino a tardi" e sapeva in quel caso di dire la verità "torno a casa e, quando sono troppo stanco per venire qui al locale, guardo distrattamente qualche programma alla TV e poi vado a dormire. Tutto qui. Come vedi conduco una vita alquanto banale. Non c'è un granché da conoscere." La donna lo guardava senza parlare, sentendo la sua curiosità frenata dalle risposte drastiche che Franco le dava e che le procuravano la sensazione di piccoli colpi di frusta.

Federica non era assolutamente brutta, ma il suo era proprio il tipo di bellezza sul quale Franco aveva molto da ridire. Vestiva in un modo sempre un po' al di sopra delle righe e comunque più adatto ad una diciottenne che ad una donna sulla soglia dei quaranta. Di media statura, portava sempre abitini esageratamente stretti in vita e con il seno, abbondante, ingessato in sostegni che gli impedivano il benché minimo movimento. Le gambe, veramente ben disegnate, erano precariamente sostenute da scarpe con il tacco altissimo. I capelli, ossigenati, incorniciavano un viso che sarebbe stato gradevole se non fosse stato appesantito da una quantità esagerata di mascara, usato forse con lo scopo di dare vita a due occhi di un celeste un po' acquoso.

Franco si sentiva molto spesso in imbarazzo per il modo in cui la donna si agghindava e si consolava sapendo che la cosa non sarebbe durata a lungo e, al contempo, si angosciava pensando a come, e soprattutto quando, avrebbe potuto troncare con lei.

Federica era separata da alcuni anni e aveva a carico un figlio minorenne ed una figlia più grande che aveva abbandonato gli studi e che rifiutava con disgusto qualunque cosa avesse la benché minima attinenza con il lavoro.

La madre esaudiva ogni sua richiesta, illudendosi che, viziandola come faceva, le avrebbe consentito di vivere una vita più facile di quanto non fosse stata la sua.

Il marito era sparito dalla circolazione da tempo, perciò tutto il carico della famiglia si riversava sulle sue spalle. Una situazione, insomma, nella quale Franco non aveva nessuna intenzione di venire coinvolto.

Era impiegata in qualità di segretaria presso uno studio notarile che si trovava poco lontano dalla casa di Franco, per cui, a volte, inventandosi del lavoro arretrato, si tratteneva fino a che non se ne erano tutti andati, poi lo chiamava ed egli, in dieci minuti, la raggiungeva sul posto di lavoro, beandosi già in anticipo del proprio successo. Quando gli apriva la porta, lo accoglieva generalmente con le parole: "Buona sera, architetto. Le carte da firmare sono già pronte. Si accomodi pure". Tutto questo per non dare adito ad eventuali pettegolezzi, cosa alla quale, invece, Franco non dava la benché minima importanza, così come in quei momenti così intimi non ne dava alcuna a Federica, escludendola del tutto dai suoi pensieri.

Nella sua immaginazione Franco pensava di essere su uno schermo cinematografico sul quale venivano proiettate le loro due immagini allacciate, con lui in primo piano, fichissimo, affascinante, insostituibile e magari, come sottofondo, musiche di Cole Porter.

Ripensata oggi, avrebbe potuto benissimo essere una scena ironica tratta da un film di Woody Allen.

Una sera che la stava accompagnando verso Piazza Vescovio, dove Federica aveva parcheggiata la sua auto, Franco vide sua madre seduta con un'amica ad uno dei tanti bar della piazza, o meglio, fu lei a vedere il figlio e a chiamarlo. Franco si sentì costretto a fermarsi e a fare le presentazioni. Niente di più, ma fu più che sufficiente perché Federica cominciasse a costruirsi un film tutto suo, i cui protagonisti erano lei, Franco e la madre di Franco. Cominciò ad opprimerlo con complimenti esagerati nei riguardi di sua madre, complimenti con i quali lo perseguitò anche quella sera stessa quando decisero di incontrarsi al piano bar di Tom. " Ma che persona deliziosa, simpatica. Deve essere dolcissima. Ha uno sguardo così vivo. E che occhi. Ora capisco da chi hai preso."

Franco ascoltava, muto, con il terrore che prima o poi se ne sarebbe uscita con la pretesa di essere invitata a cena a casa sua.

In quel periodo era occupatissimo a disegnare, per un operatore turistico, la ricostruzione di alcuni luoghi storici dell'antica Roma: quelle cose che presentano la fotografia dello stato attuale del monumento e sopra, disegnata su un foglio di acetato, la ricostruzione del monumento stesso, così come si presumeva che fosse.

Franco, appassionato com'era dell'argomento, aveva affrontato con molto entusiasmo quel lavoro, fino al momento in cui il committente non gli chiese di animare il disegno rappresentante il complesso delle latrine di Ostia con personaggi durante lo svolgimento delle loro funzioni. Pensò dapprincipio ad uno scherzo. Non voleva crederci. Quando capì che il cliente parlava seriamente rifiutò in modo deciso non per un senso di pudore che non provava, ma perché non voleva cadere nel ridicolo. " Ma certo" commentò. " Perché no. Potrei sempre mostrare un tizio che, mentre se ne sta seduto a farsi le cose sue, legge tranquillamente, sulle tavolette di cera, la cronaca dei *mondiali* Roma contro Atene. Ma per favore!" replicò in modo risoluto.

Andò avanti con gli altri soggetti commissionati, ma l'entusiasmo se ne era andato ed un occhio esperto, guardando i disegni, non poteva non accorgersi del loro calo di qualità.

Una sera si attardò nel suo studio per avvantaggiarsi con il lavoro ma, verso mezzanotte, capì che non sarebbe riuscito a combinare più niente.

Decise allora di andare a bere un gin tonic da Tom.

Era estate, faceva molto caldo ed intorno allo studio, che si trovava dalle parti del Teatro Olimpico, non c'era neppure un bar aperto.

Salì in macchina - guidava ancora, allora - e si diresse verso Trastevere. Il locale, dato il periodo, non era molto affollato e, fra gli avventori, Franco riconobbe l'amica del cuore di Federica, Giusi. Questa gli si fece incontro e gli chiese brutalmente, quasi aggredendolo:

" Come mai non c'è Federica?"

" Perché sto venendo dal mio studio dove ho lavorato fino a poco fa" rispose. "Ho avuto voglia di bere qualcosa e così ho pensato di venire qui per rilassarmi un po'. Promosso?" aggiunse con un tono sarcastico che avrebbe potuto benissimo essere tradotto nella frase *'ma perché non ti fai i cavoli tuoi?'*

La ragazza si allontanò senza replicare. Franco, al quale erano già salite le *paturnie*, si avvicinò al piano e scambiò qualche parola con Tom, che sogghignava malignamente. "Ma come ti è venuto in mente di metterti con Federica." commentò, seguitando a suonare. "Quella è alla ricerca affannosa del maschio e, se come credo, tu la soddisfi, stai tranquillo che ti sarà difficile scrollartela di dosso. Prevedo cavoli acidi per il tuo futuro".

"Ma chi poteva prevedere che un paio di scopate avrebbero avuto queste conseguenze. E' chiaro che devo mollarla. Non so ancora come, ma devo farlo assolutamente e al più presto. Sta diventando un peso troppo grande questa relazione che, fra l'altro, è nata per caso." Gli raccontò del recente incontro con la madre e di come si fosse sentito costretto a presentarla a Federica. Tom si limitò a sollevare le sopracciglia scetticamente.

" Sì." ripeté. "Saranno cavoli molto, molto acidi per te."

Da dove si trovava Franco poté vedere Giusi mentre stava telefonando.

Venne assalito da un pensiero sgradevolissimo. Difatti, dopo neanche venti minuti, a conferma di quanto aveva sospettato, ecco arrivare Federica che, con aria alquanto agguerrita, si diresse subito verso il pianoforte.

" Come mai sei qui?" domandò senza salutarlo.

" Perché, come spero ti abbia riferito la tua amica con la sua telefonata, mi ero stancato di lavorare. Mi sono detto: '*per stasera basta*' e sono venuto qui per farmi un gin tonic IN SANTA PACE e poi andarmene a casa. A proposito: bevi qualcosa?"

Federica non rispose. Era evidente che la sua irritazione derivava da una montagna di illusioni e fantasie che si era create da sola e che Franco sapeva di non avere alimentato in alcun modo. Era stato sempre piuttosto attento a come si comportava, soprattutto aveva fatto sempre in modo da non manifestare sentimenti che non provava.

Senza abbandonare il tono aggressivo e senza badare se oltre a loro tre ci fossero altre persone, Federica domandò: " Franco. Rispondi a questa mia domanda: che posto occupo io nella tua vita?"Se fosse stato meno egocentrico avrebbe capito, anche se ciò non avrebbe influito in nessun modo sulle sue decisioni, che quella domanda esprimeva un vuoto doloroso, dovuto ad una triste situazione familiare.

Quello che stava vivendo era per lui, invece, un periodo particolarmente felice; le cose gli andavano bene, aveva successo e tutto questo gli aveva un po' montata la testa, facendo di lui una persona, se non cattiva, certamente insensibile. Notò solo gli occhi sbarrati di Tom mentre rispondeva: "Federica, togliti la soddisfazione di essere tu la prima a lasciarmi." Poi, vilmente, le voltò le spalle e se ne andò dal locale, senza salutare nessuno.

Naturalmente non la vide più. In seguito Tom gli riferì che dopo quella sera non si era fatta più vedere. Franco invece seguitò a frequentare tranquillamente il piano bar senza più pensare all'accaduto. La sua vita privata si svolgeva principalmente di notte; doveva essere circa il 1980 e Franco aveva poco più di quarant'anni.

Fra gli amici di Tom si era inserito un gruppo abbastanza eterogeneo con il quale Franco familiarizzò subito, specialmente con un regista di film *horror* e con una ragazza che doveva avere un po' meno di trent' anni, Gianna. A volte salivano al piano della discoteca e lì si scatenavano in balli frenetici che terminavano sempre, da parte di Franco, in allegri abbracci alla compagna, più con il fine di nascondere il fiatone che per un'autentica manifestazione di affetto.

Illudendosi di potere avviare con Gianna chissà quale storia, Franco prese a telefonarle sempre più frequentemente e, a parte le serate al piano bar, cominciarono ad uscire insieme. All'inizio fu tutto molto facile, fra baci e carezze. Ma quando queste, da parte di Gianna, diventarono più esigenti, Franco si sentì, per la prima volta nei suoi rapporti intimi con una donna, inibito, frenato.

Capì che non si trattava di Gianna: la reazione sarebbe stata la stessa con qualsiasi altra ragazza. La verità era che capiva di essere arrivato al punto in cui sorgeva l'esigenza di fare definitivamente le sue scelte. Cercò di affrontare l'argomento con lei. Una sera che erano nei pressi del Foro Italico l'episodio si ripeté.

"Mi dispiace, credimi." si scusò. " Non so che cosa mi stia accadendo. Non mi era mai capitato, prima. Non puoi immaginare quanta vergogna provi." Avvicinò il suo volto a quello di Gianna, ma questa volse il viso dall'altra parte. L'espressione del suo viso era seria, quando iniziò a parlare, e la voce tradiva la delusione che provava. "Non è la prima volta che ti capita, Franco e ora credo di capire il perché. All'inizio avevo ritenuto che fosse una comprensibile stanchezza: so che lavori molto. Poi ho cominciato a pensare che potevo essere io la causa, che forse non ti piacevo più e cose di questo tipo. Ma ora no. Ora ho capito. Franco, è inutile che tu voglia fare di me un'ancora di salvezza. Tu - sei - omosessuale." scandì gelidamente. "Lo sei dalla cima dei capelli alla punta dei piedi e cercare un rifugio in me non può che fare del male ad entrambi. No, non interrompermi. Devi convincerti della tua realtà ed accettarla. Accettarla, non subirla. E soprattutto devi imparare a viverla. I tempi, per fortuna, sembra che stiano cambiando e arriverà il giorno, forse neanche tanto lontano, in cui gli omosessuali verranno accettati con la stessa naturalezza con la quale si accettano le persone con i capelli biondi o neri o rossi. Non può essere considerato contronatura ciò che la natura crea. L'importante è che non ci sia più clandestinità. Ma a questo dovete provvedere voi, con i vostri comportamenti.

Credimi, Franco, lo dico per il tuo bene."

Franco rimase totalmente spiazzato dal discorso di Gianna. Si era immaginata una reazione astiosa da parte sua e invece, sebbene dura, la ragazza non aveva fatto altro che dirgli una verità che, tutto sommato, lui conosceva da sempre.

" Posso seguitare a telefonarti, almeno?"

" Per che cosa? Noi due non abbiamo più niente da dirci. Salutiamoci qui. Ora.Ti auguro buona fortuna, Franco, però non aspettarti che ti dica: ' *senza rancore'.* "

Da quel momento decise di affrontare con un senso di liberazione e senza reticenze la decisione che aveva preso in seguito all' esperienza con Danny: escludere dalla sua vita ogni coinvolgimento sentimentale, anche di carattere platonico, con le poche donne che frequentava, dato che, se il coinvolgimento emotivo riguardava soltanto loro, a farne le spese sarebbe stato solamente lui, perchè avrebbe dovuto subire le loro recriminazioni o- alcune ne sarebbero state capaci- le loro maledizioni.

Si toccò, per scaramanzia, quelli che lui chiamava i suoi *amuleti* e confidò la sua scelta di vita ad alcune amiche, le quali approvarono vivamente la sua decisione che definirono coraggiosa e sicuramente appropriata. Ginny in particolare fu molto franca con lui.

" Franco, tu devi seguire la tua vita e le tue inclinazioni senza curarti troppo degli altri. E' la TUA vita e non devi mortificarla per quattro cretini bigotti e ti prego di tenere bene presente quello che ti dico: tu, Franco, sei l'UNICA persona con la quale dovrai convivere fino alla fine dei tuoi giorni, capisci quello che voglio dire? Perciò è importante che tu vada d'accordo soprattutto con te stesso e poi con gli altri."

" Sì, lo so. Il momento più duro sarà quando dovrò affrontare la cosa con i miei."

" Probabilmente sì. Però credo di conoscerli e mi sembrano

persone di larghe vedute. Ma soprattutto ti vogliono molto bene e quindi non potranno che volere il *tuo* bene. L'unica cosa che mi sento di consigliarti è che tu non ti costruisca una vita di solitudine. Voglio dire fai in modo di trovare una persona che dia un senso alla tua esistenza. So che non è facile, che queste cose avvengono quando meno te le aspetti. Soltanto guardati attorno con maggiore attenzione e tieni ben presente quello che ti ho detto. Tutto qui."

"Boh, non so. Non sono certo che questa della vita a due sia la strada giusta. Il fatto è che non sento nessun desiderio di *sistemarmi.* So che gli anni passano, ma dentro di me non succede niente: né rondini in volo, ne suono di campanellini, né farfalline nello stomaco."

"Sono convinta che prima o poi accadrà anche a te. La vita che conduci è senza dubbio piacevole e gratificante, ma non ti porta a niente. Voglio dire che, all'improvviso, potresti sentirti *disperatamente solo.* Forse la cosa ora può non spaventarti, anche se – scusa la franchezza – quarant'anni sono sicuramente una bellissima età, che però tende ad avvicinarsi inesorabilmente, con il passare dei giorni, più ai cinquanta che ai trenta, se capisci quello che voglio dire. Inoltre, non occorre che sia io a ricordartelo - i giornali li leggi anche tu - sai che cosa si sta scatenando in questo momento: sii cauto, prendi le tue precauzioni, perché la situazione è molto seria anche se non credo affatto che questo flagello che chiamano AIDS e che sembra essersi scatenato nel mondo sia una punizione divina. Comunque auguri di tutto cuore e un 'bravo' sincero per il tuo coraggio."

E nel dire ciò lo abbracciò con il solito trasporto.

Franco aveva ascoltato con interesse e con partecipazione il discorso fattogli da Ginny, ma era certo che non gli sarebbe servito a molto, anche perché non sentiva alcuna necessità di vincoli sentimentali. Continuò con la sua vita di sempre e a

prediligere gli incontri occasionali.
Per il momento non cercava altro.

Poi nella sua vita entrò Casimir. Lo aveva conosciuto, sempre al suo piano bar abituale, verso l'ora di chiusura.

Stando quasi costantemente seduto vicino a Tom al piano, non aveva fatto caso agli avventori che occupavano i divanetti disposti intorno alla sala. Fu Casimir ad avvicinarsi. Mentre Franco saliva con Tom la scala che portava alla discoteca, sentì una mano leggera accarezzargli l'inguine. Volse il capo e vide un ragazzo che gli sorrideva. Se arrivava a venticinque anni era molto, però Franco non aveva mai avuto motivo di sentirsi in imbarazzo per i suoi quaranta, per cui rispose al sorriso con un sorriso altrettanto affabile.

Alle sue spalle Tom, che aveva assistito alla manovra, gli diede un pizzicotto sulla natica. " Dai, che hai la serata assicurata. Evvai!" gli disse sottovoce e si allontanò discretamente da lui unendosi ad un gruppo di clienti del locale che si erano trattenuti al piano inferiore.

Usciti sulla piazzetta, che a quell'ora della notte si stava animando delle voci dei clienti che uscivano dai numerosi locali della zona, si fermarono l'uno di fronte all'altro, in silenzio, scrutandosi attentamente; quindi si scambiarono una stretta di mano presentandosi. A Franco il ragazzo diede l'impressione di una persona molto diretta e di scarse parole.

"Vivo con due amici che lavorano per il Cinema ed hanno una mansarda a Campo de' Fiori. E' difficile che ritornino a casa prima delle sei. Che ne pensi?"

Franco non se lo fece ripetere due volte. In poco più di dieci minuti raggiunsero la piazza e salirono le ripide scale che conducevano all'abitazione.

Questa consisteva in un'ampia monocamera a forma di L nella quale, con un abile gioco di arredo, i proprietari erano riusciti a

qualificare   aree diverse senza ricorrere alle tramezzature.
Casimir dormiva in uno di quei letti che, quando non venivano
utilizzati, si sollevavano fino a mimetizzarsi nella parete con gli
altri mobili, così come si vedeva in alcuni film americani degli
anni Quaranta.
L'incontro fu gradevole e la giovane età di Casimir rese il tutto
simpatico e vivace anche se non straordinariamente esaltante.
Decisero di rivedersi, sempre quando i due padroni di casa
lasciavano la possibilità di usufruire dell'appartamento, cosa alla
quale, del resto, non si opponevano   fintanto che restavano
assenti.
Casimir era sicuramente un bel ragazzo: aveva i capelli castano
chiari un po' arruffati e due begli occhi grigi. I lineamenti erano
regolari ed il volto aveva un'espressione vivace o, sarebbe più
esatto dire, nevrotica. Era come se stesse sempre sulle difensive
Anche quando parlava   si guardava sempre intorno come se si
sentisse minacciato.
Pur essendo alto, di costituzione robusta, anche se non
particolarmente atletica, il suo sguardo   infantile,   innocente,
non consentiva apprezzamenti in cui potesse essere usato il
superlativo; con lui veniva spontaneo usare il *diminutivo*. Se
Franco   avesse dovuto descriverlo con una sola parola lo
avrebbe definito *carino*.
Mano a mano che si conoscevano, Franco scopriva in lui
dei lati caratteriali a dir poco strani.
A volte rifiutava di fare sesso; voleva invece che Franco lo
abbracciasse e lo tenesse stretto a sé. Al massimo gli permetteva
qualche carezza.
Con il procedere della loro conoscenza si faceva sempre più
evidente il disagio psicologico in cui il ragazzo viveva.
Franco accettava quella situazione con curiosità: voleva
vedere   dove   lo avrebbe condotto. Sentimentalmente   non
provava niente per lui, soltanto curiosità o, forse, interesse per

quella personalità un po' contorta, dagli atteggiamenti contraddittori.

Una sera notò che l'amico era di umore particolarmente cupo. Poco dopo, mentre erano a letto, evidentemente seguendo il filo di certi suoi pensieri, Casimir si staccò di colpo dall'abbraccio con Franco e, afferrato il telefono, malgrado l'ora tarda, compose un numero formato da numerose cifre. Parlò in una lingua che Franco non conosceva, ma che dal suono suppose levantina.

Da un tono pacato Casimir passò a toni più alti fino ad urlare senza ritegno e, dopo qualche istante, troncò la conversazione, agganciando violentemente la cornetta.

Franco se ne stava in silenzio, imbarazzato ma, nello stesso tempo, incuriosito da quanto stava accadendo.

Dopo essere rimasto alcuni istanti, ansante, a guardare il telefono, come desiderando che si mettesse a squillare, Casimir si diresse verso il frigorifero e si scolò quasi un'intera bottiglia di acqua, poi si distese vicino all'amico sul letto. Gli si rannicchiò accanto senza parlare e dopo un po' volle fare del sesso sfrenato, incontrollato, fino a che Franco, per un istante che gli sembrò lunghissimo, temette che la sua virilità fosse in pericolo.

Afferrò Casimir per il naso e glielo strinse con quanta più forza poté fino a che il ragazzo aprì la bocca e mollò la presa. A quel punto Franco, fuori di sé, gli dette un manrovescio talmente violento da fargli sanguinare il labbro.

Casimir scivolò in terra dove rimase rannicchiato: sembrava quasi che non si fosse accorto del sangue che gli colava dal labbro che già cominciava a gonfiarsi, e teneva il capo reclinato in avanti come se stesse osservando qualcosa sul pavimento.

Superato il momento di furore, di dolore ma soprattutto di paura, Franco cercò di parlargli e si accorse delle sue lacrime. Capì che non era il caso di infierire; capì che il ragazzo stava veramente soffrendo. Non sapeva che cosa fare e l'unica cosa che riuscì a dire fu uno sbiadito: "Come posso aiutarti?" mentre, con un fazzoletto di carta, gli puliva il labbro sanguinante.

" Uccidendo mio padre" fu l'agghiacciante risposta.

Franco finse di non avere sentito. Lo sollevò dalla posizione in cui si trovava, lo fece sedere accanto a sé sul letto e gli circondò le spalle con un braccio.

Quando vide che si era calmato, lo fece distendere e rimase con lui fino a quando non si accorse che si era appisolato. Allora lo coprì con una coperta e se ne andò, con quella risposta implacabile che gli rimbombava nella testa.

Cominciò a sospettare qualche cosa di torbido, ma non sapeva se sarebbe stato il caso di affrontare l'argomento con il diretto interessato, non sapendo come avrebbe potuto prenderla.

Il giorno seguente ricevette una sua telefonata allo studio. Si pentì di avergli lasciato il numero, ma ormai era troppo tardi.

" Ciao. Mi dispiace per quanto è successo ieri." La voce di Casimir suonava stanca.

" Non preoccuparti. L'importante è che tu sia riuscito a risolvere i tuoi problemi."

" Purtroppo non sono problemi che si possano risolvere facilmente. Nel mio caso, poi, penso che sia proprio impossibile. Però vorrei vederti, per parlarti, spiegarti."

" No, guarda " tentò di tagliar corto Franco. " Non è necessario. Tu non mi devi nessuna spiegazione. Sono cose tue private con le quali io non ho niente a che fare." Evitò di proposito di ricordare l'episodio che aveva causato il manrovescio.

Comprese che non era quello il motivo per cui era stato chiamato. Casimir insistette. " Ti prego. Penso che tu debba sapere come stanno le cose. Sei l'unica persona che io stimi veramente. Non sanno niente neppure gli amici che mi ospitano. Per favore, passa stasera qui da me."

" Se proprio lo vuoi, d'accordo." cedette Franco". Sarò lì da te verso le ventitré."

Franco si presentò a Campo de' Fiori puntuale all'ora stabilita.

Casimir era in modo evidente molto provato; doveva avere passato una giornata d'inferno: occhi arrossati, occhiaie profonde e nervi a fior di pelle.

Franco guardò il labbro tumefatto e lo toccò lievemente con un dito. " Fa ancora male?" gli chiese. Casimir alzò le spalle con indifferenza. Era chiaro che aveva bisogno di sfogarsi, di aprirsi.

Franco si sedette su una poltrona e aspettò che l'amico parlasse.

Casimir passeggiava su e giù per la stanza in silenzio.

Proveniva da una famiglia facoltosa, cominciò a raccontare, che dalla Russia si era trasferita in Turchia subito dopo la guerra. Era stato costretto ad andarsene via di casa, l'anno prima, perché i suoi rapporti con il padre erano diventati insostenibili da quando questi aveva saputo di avere un figlio omosessuale. Tutto era cominciato quando Casimir, pensando di agire lealmente in nome di quel bel rapporto che era sempre intercorso fra loro due, aveva ritenuto opportuno rivelare al padre che aveva una relazione con un amico di università, relazione che andava avanti da circa un anno. La reazione del padre fu inaspettatamente violenta, al punto che alzò le mani sul figlio, accompagnando i colpi con espressioni colme di un gelido disprezzo e neppure l'intervento della moglie e della figlia riuscirono a calmarlo. Esaurita che ebbe la furia, uscì di casa sbattendo la porta e, rientrato a notte inoltrata, andò a dormire sul divano del suo studio. Casimir lo aveva aspettato con la speranza di parlargli, ma il padre lo ignorò come se non esistesse. In seguito cessò dì parlargli del tutto.

Ogni tanto Casimir si fermava per controllare che Franco lo stesse ascoltando.

" Mi ascolti, vero? Non è che ti annoio, vero?"

" No, stai tranquillo. Ti sto ascoltando. E non mi annoi. Vai avanti."

" Da allora non vuole più vedermi, né sentirmi, né sapere più niente di me. E' come se non esistessi. Sono diventato trasparente, per lui.

"Quello che mi addolora maggiormente è che anche con mia madre e mia sorella ha rotto qualsiasi rapporto, perché le ritiene mie complici. E' a questo punto che entrambe, dopo essersi rese conto che non c'è nessuna speranza che la situazione possa migliorare, hanno fatto in modo di allontanarmi da casa e hanno scelto Roma.

"Naturalmente, prima di farlo, hanno sentito il dovere di parlarne con mio padre per sapere se fosse d'accordo con loro e la sua risposta è stata:'*Non posso prendere decisioni per un figlio che non esiste.*' Ci pensi?

"Mia madre mi ha aperto un conto presso una banca e ciò mi permette di vivere discretamente anche se non ho le stesse disponibilità che avrei potuto avere se fossi rimasto a Istanbul. Mio padre non si è più fatto vivo anche se a volte sono io che cerco di parlare con lui, ma è sempre tutto inutile. Si rifiuta nel modo più assoluto di rivolgermi la parola. Proprio come l'altra sera, quando c'eri tu.

" Eppure eravamo molto uniti e non riesco a capacitarmi del perché abbia assunto un atteggiamento così intransigente. Ricordo che prima uscivamo spesso insieme; andavamo a vedere le partite di calcio, che a lui piacevano molto, o in barca. Sempre soltanto noi due. Soli. A volte ci capitava di incontrare giovanotti dall' aria inequivocabilmente gay, ma non ricordo di averlo mai sentito esprimersi in modo offensivo nei loro riguardi. Ero certo che l'omosessualità non fosse in nessun modo un problema per lui. Che non fosse in nessun modo qualcosa da condannare."

Dopo avere confidato a Franco il bel rapporto che aveva legato padre e figlio prima della rivelazione di quest'ultimo circa la relazione intrapresa con il suo compagno di università ed il disprezzo che ne era seguito da parte del padre nei suoi confronti, Casimir non lo nominò più. Parlava soprattutto della madre e della sorella, della loro solidarietà, ma anche se la figura del padre restava misteriosamente in ombra, quasi che Casimir la volesse tenere nascosta, Franco pensava che fosse proprio lui la causa principale del malessere del ragazzo.

Mentre Casimir procedeva nella narrazione di quella che era stata la sua vita, Franco cominciò a ripensare, alle rivelazioni che il ragazzo gli aveva fatto,specialmente a quella frase '...*soltanto noi due.Soli* ', e si convinse che il sospetto che aveva avuto il giorno precedente forse non era del tutto immotivato e dolcemente, con molta cautela, decise di chiarire i suoi dubbi.

Senza fare alcuna allusione al padre, Franco gli appoggiò una mano sulla spalla e disse: " Ha abusato di te, vero?". Era più che evidente a chi si riferisse.

Casimir lo guardò quasi come se avesse sperato in quella domanda. Gli occhi gli si riempirono di lacrime; rimase in piedi, le braccia abbandonate lungo i fianchi. Abbassò il capo come per nascondere la sua vergogna e cominciò a singhiozzare :

" Io … io non posso stare senza di lui".

Franco si aspettava la conferma dei suoi dubbi, ma quella dichiarazione lo agghiacciò.

Gli si avvicinò e lo strinse a sé fintanto che non si fu calmato. Finalmente era tutto chiaro. Aveva capito che la reazione piena di astio da parte del padre non era altro che gelosia nei riguardi del figlio.

Andò in cucina, preparò una camomilla, gliela fece bere e rimase con lui fino a che non lo vide addormentato.

Andandosene, pensò che non poteva e non voleva fare da balia ad un ragazzo che aveva bisogno di una seria terapia. Il giorno seguente lo convinse a chiamare, in sua presenza, sua madre e a dirle che era necessario che lo raggiungesse a Roma per spiegarle dettagliatamente la situazione e decidere insieme sul da farsi. Durante la telefonata Casimir aveva parlato in Inglese, lingua che Franco conosceva, pertanto aveva potuto constatare che il giovane ripeteva quanto avevano concordato di dirle. Capì che la donna lo avrebbe raggiunto dopo pochi giorni.

Rimasero insieme tutta la notte senza che accadesse nulla fra di loro. Compresero che era finita. O, più esattamente, Casimir capì che la cosa volgeva al termine, perché Franco, da parte sua, aveva già deciso. Pur essendo stato toccato profondamente dalla tragedia che aveva indelebilmente segnato la vita di quel ragazzo, non se la sentiva in nessun modo di assumere il ruolo di sostituto-padre.

Non si videro più.

Non si cercarono più.

Franco pensò che fosse partito ed il suo ricordo svanì presto dalla sua mente.

Stette alcuni giorni senza frequentare il piano bar di Trastevere. Quando ci tornò Tom gli consegnò un pacchetto e disse che veniva da parte di Casimir. Franco, stupito, lo aprì subito: conteneva un libro ed un biglietto con su scritto, a lettere maiuscole, in inchiostro rosso, un semplice GRAZIE. Il libro, senza dedica, era di Jean Markale: ELEONORA D'AQUITANIA. Non capì il perché di quella scelta. Poi gli venne in mente che, sebbene fosse un ragazzo che leggeva molto, sceglieva sempre libri che parlassero di eroine o comunque di personaggi femminili, dalla Callas a Giovanna D'Arco. Comunque sempre e soltanto femminili e tutti dotati di un certo spessore, esattamente come Eleonora D'Aquitania.

Durante il periodo in cui frequentava ancora Casimir, una sera che lo aveva lasciato addormentato, decise di fare una capatina al piano bar. La macchina era ben parcheggiata e poteva restare dove l'aveva lasciata senza nessun bisogno di spostarla.

Percorse a piedi il tratto di Lungotevere che costeggia l'Isola Tiberina e si diresse verso il locale. Si accorse che un'auto, a neanche mezzo metro dal marciapiede, stava procedendo al passo con lui. Abbassò un po' il capo per vedere se al volante non ci fosse qualcuno di sua conoscenza, ma era troppo buio: non riuscì a riconoscere nessuno. Chi conduceva la macchina si divertiva ad accelerare un pochino per poi fermarsi una cinquantina di metri più avanti.

Dopo avere compiuto due o tre di quelle manovre, l'auto accelerò e girò sulla destra scomparendo dalla sua vista. 'Qualcuno che ci ha provato', pensò Franco.

La stradina che l'auto aveva presa voltando a destra e che immetteva in una piazzetta adibita a parcheggio era la stessa che Franco doveva percorrere per raggiungere il piano bar. La macchina era ferma lì, con il motore ed i fari accesi ed il conducente appoggiato allo sportello, con le braccia conserte, una sigaretta fra le dita e un sorriso pieno di sottintesi. Franco gli passò accanto fingendo di non averlo notato, mentre intanto faceva le sue valutazioni: 'Però. E' un bel tipo. Forse sui cinquanta. Niente male.'

Si fermò un attimo a pensare se accettare o no l'implicito invito, poi si voltò e, con studiata lentezza, si avvicinò allo sconosciuto.

" Ne vuoi una?" chiese questi porgendogli il pacchetto di sigarette.

" No, grazie" rispose Franco. " Sto tentando di smettere".

" Beato te. Io non tento neppure. Di sicuro morirò di un cancro ai polmoni". Poi gli chiese: "Che ne dici se facciamo un giretto?"

" Sì, purché dopo mi riporti qui".

" Certo, stai tranquillo". Saliti in macchina l'uomo riprese: "Senti, io commercio in tessuti ed ho un magazzino dalle parti della Piramide. Là si può stare comodi. Ti va?"

" Perché no? Andiamo!" rispose Franco senza esitazione.

Lo sconosciuto avviò la macchina e si diresse verso Porta San Paolo.

" Non vivi solo?" domandò Franco.

" Solo? A volte mi sembra di essere l'uomo più sposato della terra. Oggi è il mio compleanno: cinquantadue, per la cronaca. Non sono poi tanti, se ci pensi bene, eppure mi sembra di essere decrepito, tanto sono stanco di moglie, figli e cane. Ho voluto festeggiare il compleanno a modo mio e quando t'ho visto sul Lungotevere ho pensato che potevi essere la candelina sulla torta".

" Scusa, sai, ma la domanda è d'obbligo. Ti sei accorto che ti piacciono gli uomini solo dopo che ti sei sposato?"

" No, certo che no. Però ho sempre saputo barcamenarmi. Col lavoro che faccio viaggio spesso e le occasioni non me le faccio certamente mancare".

" Ma non è faticoso nascondere tutto a tua moglie? non è difficile avere un rapporto con lei subito dopo essere stato con un altro?"

" Meno di quanto non possa sembrare. Almeno per me. Cerco sempre di avere i rapporti che mi interessano quando sono fuori Roma, per cui quando rientro e vedo che mi riuscirebbe difficile adempiere ai miei doveri coniugali ricorro alla scusa della stanchezza per il viaggio. C'è comunque da dire che è chiaro sia per mia moglie che per me che più andiamo avanti con gli anni e più logoro si fa il nostro rapporto. Forse sospetta che abbia qualcuno da qualche parte. Non vedo un gran futuro di fronte a noi. A volte vorrei che lo avesse lei un amante, tanto per scaricarmi la coscienza."concluse. Franco lo guardò senza parlare, assentendo con il capo.

'Gran brutta vita,' commentò fra sé e sé. *'Scomoda, soprattutto.'*

Nel frattempo erano arrivati a destinazione. Parcheggiata l'auto, anziché sollevare la serranda del magazzino entrarono in un androne condominiale dal quale una porta di metallo conduceva all'interno di un ampio locale.

Si trattennero circa un'ora, durante la quale lo sconosciuto dimostrò, inaspettatamente, di essere una persona dolce, dai modi quasi affettuosi. Era chiaro che non poteva provare niente nei confronti di Franco, eppure era altrettanto evidente che, almeno in quell'occasione, aveva un bisogno irrefrenabile di esprimere tenerezza, e, a sua volta, di riceverne. Lo dimostrava quando lo stringeva a sé quasi con forza e lo faceva aderire al suo corpo indugiando con baci caldi, morbidi. Rimasero distesi sul divano dell'ufficio per un po' di tempo, in silenzio, ancora abbracciati, dopo di che – Franco si rese conto solo allora che nessuno dei due aveva sentito il bisogno di chiedere il nome dell' altro - si diressero verso il bagno che Franco notò con piacere essere pulitissimo. Si rivestirono entrambi ed uscirono in strada.

Arrivati alla piazzetta vicino al piano-bar, scesero dall' auto e si salutarono.

" Padrone di non crederci, ma è stato bello" disse l'uomo e gli porse la mano che Franco prese per rispondere al saluto. Sentì che gli aveva passato un biglietto e pensò che, sicuramente, si trattava del suo numero di telefono.

Si accorse invece di avere in mano una banconota da 50.000 lire. Fece in tempo a bloccare lo sconosciuto, che stava per salire in macchina, e, restituendogli la banconota, disse: "Padrone di non crederci, ma è stato bello anche per me" e, voltatosi, si avviò verso il locale, certo che non si sarebbero più rivisti.

Raccontò a Tom l'accaduto, compreso il fatto delle 50.000 lire.

" Ma allora sei tutto matto" reagì l'amico scherzosamente.

"Farsi scappare così una tale occasione! Non hai pensato che potevano rappresentare per te l'inizio di una nuova, fruttifera attività?"

Arrivò Capodanno e Franco venne invitato a trascorrerlo in casa di alcuni amici di Tom. La casa si trovava in una palazzina degli anni venti in una bella zona di Monteverde. Era un piano terra con giardino.

Appena entrato venne accolto calorosamente dai padroni di casa che aveva incontrati nel piano bar in varie occasioni.

Tom, con indosso una *parannanza* con su disegnato Babbo Natale, era in cucina alle prese con le specialità del suo paese, il Libano.

I padroni di casa pensarono a fare le presentazioni. Fra gli ospiti c'erano anche tre ragazze loro amiche. Scambiatisi i nomi Franco si diresse in cucina per salutare Tom.

"Che cavolo ci fanno qui quelle tre?" gli chiese.

"Parla piano! Sono amiche dei padroni di casa e si sono praticamente autoinvitate perché sono curiose di vedere che cosa può accadere durante una festa in casa di una coppia gay."

" Sul serio? Che sceme! Con tutti i bei ragazzi che ci stanno in giro." commentò Franco.

Quella sera Franco conobbe Aldo, un neo laureato che gli diede subito l'impressione di appartenere a quella categoria di persone che cercano un lavoro con la speranza di non trovarlo. Era un ragazzo piuttosto arrogante, con la convinzione di essere una persona al di sopra di tutti gli altri. Una persona alquanto antipatica, insomma.

Però era un bel ragazzo. E ci stava.

Nel corso della serata trovarono il modo di appartarsi in giardino, malgrado il freddo, per conoscersi più intimamente. Mentre procedevano con la conoscenza si accorsero che due delle ragazze invitate stavano spiando da una finestra le cui imposte erano socchiuse. Era una forma di morbosità che dapprincipio infastidì entrambi ma che, nello stesso tempo, solleticò la loro tendenza all'esibizionismo.

" Che facciamo? Le facciamo contente?" domandò Aldo.

" No, meglio soprassedere. Meglio se ci mettiamo d'accordo per telefono" suggerì Franco. " Quelle stronze sarebbero capaci di avere una macchina fotografica" e rientrarono in casa fingendo di non essersi accorti delle due ficcanaso.

Decisero di rivedersi e si dettero appuntamento per dopo le Feste in uno squallido alberguccio nei pressi della stazione, perché il portiere, amico di Aldo, essendo di turno quella settimana, avrebbe fornita la camera gratis.

A Franco sembrò di rivivere quelle atmosfere sordide così genialmente illustrate nei film francesi degli anni trenta, quelli con Jean Gabin o Viviane Romance. La carta da parati era staccata in alcuni punti delle pareti e portava ancora le tracce di quadri che erano stati rimossi. I vetri, probabilmente, non venivano lavati da settimane e il tanfo del tabacco era dovunque. Una topaia. Ma Franco allora non andava troppo per il sottile.

A differenza di Casimir che, malgrado i suoi problemi, era una persona dolce, Aldo aveva la tipica arroganza del giovane che riteneva che tutto gli fosse dovuto e che comunque erano sempre gli altri a non capire i suoi problemi e, soprattutto a non meritare l'amicizia di una persona così straordinaria come lui riteneva di essere.

Era una relazione che, col passare dei giorni diventava sempre più stanca, senza sbocchi. I loro incontri si facevano sempre più frettolosi, caratterizzati quasi dall'ansia di terminare in fretta. Era chiaro che era subentrata la noia per entrambi.

A volte si davano appuntamento soltanto per farsi compagnia e, molto spesso, andavano in un locale molto noto, scelto da Aldo, tanto per bere qualcosa.

Una sera che erano appunto in quel locale, Aldo venne avvicinato da un ragazzo sui trentacinque anni. Era americano e bello come solo gli Americani sanno esserlo quando lo sono. Si chiamava Ted.

Franco si unì a loro due limitandosi ad ascoltarli mentre malignavano su amicizie comuni. Quando fu l'ora di andarsene, Ted e Aldo si salutarono con i consueti bacetti sulle guance. Nel dare la mano a Franco, Ted gli diede anche il suo biglietto da visita.

Sulla via del ritorno Aldo esplose in una scenata di gelosia assolutamente fuori posto, dati i rapporti quasi inesistenti fra loro due, ma giustificata solo dal fatto che probabilmente aveva una cotta per Ted.

" Che cosa credi" urlò aggredendo Franco "che non abbia visto che ti rifilava il suo biglietto da visita?"

" Guarda che Ted non mi ha rifilato proprio niente. Il biglietto da visita me lo ha dato sotto gli occhi tuoi e di tutti quelli che erano vicini a noi. Comunque la cosa ti dà fastidio? Ecco che cosa ne faccio del biglietto." Estrasse dalla tasca il cartoncino di Ted e lo fece a pezzetti, mentre dentro di sé rideva a crepapelle, essendosi accorto precedentemente che di biglietti Ted gliene aveva dati due. Una presa per i fondelli con i fiocchi per un cretino presuntuoso come quello.

Con Aldo la cosa terminò si può dire nel giro di poche ore per assoluta incompatibilità di carattere, ma anche perchè a Franco non dispiaceva affatto l'idea di incontrarsi con Ted. Il giorno dopo gli telefonò. Ted lo invitò nel suo appartamento in via Panisperna e Franco si presentò con una bottiglia di *Veuve Clicqot*. Dopo di quello ci furono altri incontri, senza che nessuno dei due si sentisse minimamente coinvolto sentimentalmente nei riguardi dell'altro. Si piacevano e basta.

Con il ritorno dell'Americano negli Stati Uniti anche quella storia ebbe fine, ma non il sistema di vita di Franco che proseguì in quel modo fino a che non arrivò Paolo.

Conobbe anche lui in quel locale. Si frequentarono per un lungo periodo durante il quale impararono a conoscersi. Fu subito evidente che si piacevano entrambi.

Paolo era pieno di attenzioni nei suoi riguardi. Lo andava a prendere all'uscita dallo studio e lo portava a casa sua dove Franco si tratteneva fino a tarda sera. Franco capiva che la cosa cominciava ad acquistare importanza. Questa volta non si trattava della solita storia a breve scadenza.

Se ne accorse notando con quanta gioiosa ansia aspettava le telefonate che sapeva sarebbero comunque arrivate.

Oppure, quando era lui a telefonare a Paolo, capiva che questi stava in attesa vicino al telefono, perchè la sua risposta era immediata, quasi fosse stato certo di chi c'era all'altro capo del filo, ed era immancabilmente la stessa: "Ehilà, dimmi che mi hai pensato."

Comprendeva che cominciava a provare qualcosa di più di una semplice simpatia verso di lui, che, da parte sua, aveva manifestato sin da subito nei suoi riguardi un attaccamento molto vicino all'affetto.

Erano attenzioni, quelle che gli prestava, che a volte mettevano Franco in difficoltà, perché non era ancora totalmente sicuro di provare per Paolo sentimenti ben saldi.

Indubbiamente gli piaceva, sia fisicamente che come persona, però si sentiva ancora soggetto a quella che era la sua disponibilità verso la novità, verso l'avventura, due cose alle quali non aveva mai saputo resistere.

Fu un gesto affettuoso, inaspettato, tipico del carattere generoso di Paolo, che fece cambiare le sue esitazioni in un atto decisivo, definitivo.

Una sera che erano andati a mangiare in un ristorante nei pressi del Colosseo, Paolo gli fece trovare sotto il tovagliolo le chiavi di casa sua.

Franco rimase stupito da quel gesto e comprese che con esso Paolo voleva dare un'impronta concreta alla loro relazione.

" Non sono le chiavi di casa tua, queste?" esclamò sinceramente colpito.

" Di casa *nostra,* vuoi dire. Così non mi rompi più le palle quando suoni il campanello nei momenti in cui dormo o quando sono sul *trono.*"

Dopo alcuni mesi decisero di vivere insieme e da quel momento la vita di Franco cambiò radicalmente, perché con essa vennero coinvolte entrambe le famiglie, le amicizie e le sue vecchie abitudini, che vennero sostituite da altre a lui del tutto estranee, quali il fare la spesa insieme, badare alla casa, vivere le amicizie, ma soprattutto fare progetti insieme. Lo scambio di inviti a cena fra amici era frequentissimo e Franco ebbe modo di conoscere persone nuove con alcune delle quali mantenne i rapporti anche dopo la morte del compagno.

Con Paolo arrivò la vita, quella vera. La convivenza, i progetti, i momenti belli, quelli brutti, tutto venne amalgamato come un impasto nel quale tutti gli ingredienti erano diventati indissolubilmente l'uno parte dell'altro. Era un senso di completezza che non aveva mai provato prima, era il desiderio di correre da lui ogni volta che il lavoro gli lasciava un momento libero. A volte rubando del tempo al lavoro stesso.

E tutto questo per ventitré anni, fino alla tragedia finale, quando Paolo gli venne sottratto e lui dovette affrontare il periodo più difficile e doloroso della sua esistenza.

Questi ricordi scorrevano nella sua mente come i fotogrammi di un film e, nel ripensare ad essi, Franco memorizzava sul computer tutti quelli che gli venivano alla mente, senza   tralasciarne nessuno.

Avrebbe provveduto in seguito a selezionare quelli che maggiormente avevano influito sulla loro vita.

Nel frattempo cercava di dare ad essi una sequenza cronologica al fine di poterli utilizzare come elementi strutturali per quello che aveva già cominciato a chiamare *il mio romanzo*.

Capitolo III

Mentre stava procedendo con la stesura di quello che sperava sarebbe diventato il suo secondo libro, Franco ricevette una chiamata da Washington da parte di suo nipote Peter, con il quale si sentiva abbastanza spesso e quando diceva 'sentiva' intendeva proprio dire che accostava l'orecchio alla cornetta e lo lasciava parlare a ruota libera.

Peter era capace di passare dalle lamentele sul lavoro, alla situazione politica americana, a quella italiana, alle dinastie reali e all'ultimo Best-seller nel giro di pochi istanti senza lasciarti il tempo di replicare. Con lui non si poteva che ascoltare e basta, anche perché era simpaticissimo e brillante nell'esporre le cose che raccontava, il tutto arricchito dall' incredibile bagaglio di cultura che possedeva e che alimentava tenendosi costantemente aggiornato su ogni argomento.

Durante la telefonata Peter gli parlò di un suo amico che ogni tanto capitava a Washington, Vittorio, una bella persona, aggiunse, al quale aveva parlato del libro che Franco aveva scritto sugli anni trascorsi con Paolo ." Ho parlato del tuo libro con un mio amico che sembra sia rimasto alquanto colpito dal tuo coraggio *nell'uscire allo scoperto* ed ha manifestato il desiderio di conoscerti. Ho qui la sua e-mail".

" Beh, se è interessato a conoscermi", replicò Franco in un tono un po' acido "mi sembra più logico che sia lui a cercare me. Dagli pure la mia di e-mail. Quanti anni ha?"

" Penso che sia intorno ai trentotto."

"Mmmm…" commentò Franco alquanto scettico.

Dopo qualche giorno Vittorio si fece vivo con una e-mail molto rispettosa, nella quale, usando il Lei, gli proponeva di andare a prendere un caffè insieme.

Diceva esattamente: "Salve Franco, sono Vittorio, l'amico di Peter. Suo nipote mi ha parlato molto bene di Lei. Io abito qui a Roma. Mi piacerebbe conoscerLa di persona, ma lascio a Lei la scelta se farlo quando torna Peter o, visto che abitiamo entrambi nella Capitale, se prenderci un caffè insieme".

Franco sbloccò subito la situazione usando il Tu: "Ciao Vittorio. Va benone per il caffè. Io abito dalle parti di Piazza Vescovio. E tu? Forse c'è una via, una piazza a metà strada fra la tua e la mia abitazione dove sia possibile incontrarci? Fai tu. Scusa la fretta, ma devo salutarti perché sono invitato a cena a casa di amici e sono già in ritardo. Spero di trovare una tua risposta quando torno a casa. Cordialmente. Franco".

Non nascondeva di essere incuriosito da questo inaspettato avvenimento e passò gran parte della serata pensando a quali sviluppi esso avrebbe potuto dare origine.

Quando tornò sul tardi trovò una e-mail con la risposta di Vittorio: gli proponeva di incontrarsi la sera seguente nella piazza indicata nel messaggio precedente. Rispose che era d'accordo e indicava come riferimento il giornalaio.

Franco ricordò che suo nipote gli aveva riferito che il suo amico doveva avere all'incirca trentotto anni: troppo giovane per permettersi di lasciarsi andare a fantasticherie fuori luogo; però la cosa lo incuriosiva troppo per rinunciarci.

Ricordava molto bene le esperienze avute con amici assai più giovani ed aveva imparato a valutarli. Tutti, escluso Casimir, si sentivano come delle *principesse sul pisello* , pieni di presunzione solo perché erano giovani. Ritenevano la giovinezza come un privilegio riservato solo a loro. Vittorio, a trentotto anni, poteva già considerarsi una persona matura che, a ragion veduta, aveva probabilmente già superata quell'età fatta di capricci e pretese.

Comunque, dato che la differenza d'età avrebbe potuto ricreare quelle situazioni che si erano verificate nel passato, Franco uscì di casa preparato a smantellare qualsiasi montagna di atteggiamenti arroganti o presuntuosi si fosse trovata di fronte.

Nell'avviarsi verso la piazza si vide riflesso in una vetrina e si trovò abbastanza a posto con se stesso: conservava ancora gran parte dell'abbronzatura presa al mare; per l'occasione aveva indossato un paio di pantaloni beige di lino e una camicia bianca, appena sbottonata sul torace , e i polsini delle maniche arrotolati due volte su se stessi. Naturalmente non si era dimenticato i Ray Ban.

Mentre avanzava verso l'edicola, scrutò le numerose persone che erano ferme lì vicino, molte di esse in attesa di un taxi, dato che c'era un parcheggio proprio lì accanto.

Quando si erano accordati per telefono Vittorio aveva specificato di avere una Polo bianca.

Franco cercò di individuare un'auto che rispondesse a quella descrizione, poi, scrutando fra la gente, la sua attenzione si fermò su un giovanotto che lo stava osservando. 'Bonazzo' osservò, sperando subito che fosse lui. Fu fortunato. Vittorio gli sorrise all'istante riconoscendolo, probabilmente, in base a una possibile descrizione fattagli da Peter. Quando si strinsero la mano Franco gli disse con ironia:

" Ti do cinque secondi per riprenderti dallo shock".

" Quale shock?"domandò, perplesso, Vittorio.

" Quello di avere dato appuntamento ad uno che potrebbe essere coetaneo di tuo nonno".

" Se è per questo mi basta meno di un secondo".

Quella risposta lo spiazzò un poco e la prontezza con la quale venne formulata rivelò, a suo parere, un'indole gentile. Non se la sarebbe mai aspettata. Un ottimo inizio, si disse.

Avviandosi verso l'auto Franco osservò che quella presso la quale si fermarono non solo non gli sembrava una Polo, ma non era neppure bianca e Vittorio, divertito, spiegò che dicendo Polo bianca si riferiva alla maglietta che indossava.

In zona non c'erano né ristoranti, né pizzerie aperte. Tutti inesorabilmente chiusi per ferie fino alla fine di agosto. Franco si ricordò di un ristorante nei pressi di piazza Capri dove era stato altre volte. Decisero di tentare. Furono fortunati.

Si sedettero ad un tavolo che scelsero un pochino appartato all'interno del locale e, finalmente uno di fronte all'altro, poterono analizzarsi.

Vittorio era decisamente giovane, troppo se confrontato con la sua di età, pensò Franco. Non dimostrava affatto gli anni che gli aveva attribuito suo nipote. Aveva un volto molto aperto, solare, mediterraneo. Proprio come piaceva a lui e gli piacque il modo disinibito che aveva nell'esprimersi nei suoi riguardi. Si accorse che lo guardava con ammirazione, soffermandosi particolarmente sugli occhi.

" Sono bellissimi. Chissà quante conquiste avrai fatto con un'arma del genere."

Franco era al settimo cielo. Sentiva che tutto il castello di difese che si era preparato stava crollando.

Erano secoli che non riceveva dei complimenti così diretti.

Vittorio cominciò a fargli, con molta delicatezza, domande sulla sua vita.

" Peter mi ha detto che hai perso il tuo compagno recentemente. Mi spiace. Mi ha anche detto che il libro che hai scritto parla di voi due, della vita che avete passato insieme. Si chiamava Paolo, vero?"

" Sì, si chiamava Paolo." ripetè Franco. "Se avremo occasione di vederci ancora te ne porterò una copia. In esso non troverai una parola, una virgola che non rispondano a verità. Ciò ti darà un'idea esatta del nostro rapporto."

Vittorio rivolse poi la conversazione sui rapporti che intercorrevano fra Franco e il nipote.

" Parlate mai fra di voi? Voglio dire c'è confidenza, familiarità?"

" Non proprio. C'è una forma di correttezza che è nel DNA della famiglia e che ci blocca, ci inibisce. Ci impedisce di aprirci completamente."

" Vuoi dire che non sa niente di te?"

" Sì, certo che lo sa. D'altra parte la convivenza con Paolo parlava chiaro."

" Però tu non sai niente di lui."

" Beh, diciamo che nessuno di noi due conosce, come posso dire, la vita dell'altro nei dettagli. Peter accennò, diverso tempo fa, alla sua omosessualità, rammaricandosi del fatto di non avere il coraggio di dichiararsi in famiglia."

" E tu? Che cosa gli hai suggerito di fare?"

" Gli ho detto che dal momento che aveva la fortuna di vivere in un altro continente in totale libertà, non ritenevo necessaria quella confessione per evitare turbamenti in famiglia, anche perché sono certo che la madre ha intuito da tempo la verità. Quanto al padre, mah, forse finge di non sapere."

" Certo che sono situazioni strane, scomode." osservò Vittorio. "L'educazione, le tradizioni, con il loro carico di pregiudizi, la fanno da padroni in questi casi. Capisco perfettamente Peter, perché la sua situazione riflette in un certo qual modo la mia, con l'aggravante che, vivendo i miei in un paesino del Sud, subiscono passivamente, convinti di essere nel giusto, certi tabù che, almeno lì, sono indistruttibili. Ogni volta che torno a casa i miei parenti si fanno in quattro per presentarmi, ogni volta diversa, la *brava ragazza di buona famiglia.*"

" E tu?"

" Io? Niente. Mi limito a prenderla sul ridere. Chi si incavola è invece mia sorella, la quale, pur non sapendo nulla ma sicuramente sospettando la verità, mi sostiene di fronte al *clan* asserendo che, con il lavoro che faccio, non ho certo il tempo per pensare a mettere su famiglia."

" Di sicuro ha capito tutto."

" Sìì, figurati, e questo mi fa sentire in debito nei suoi confronti. Penso che prima o poi finirò col confidarmi."

Ci furono alcuni istanti di silenzio, durante i quali Franco si accorse che Vittorio lo stava fissando intensamente.

"Ehi, sveglia!" gli disse a voce alta. " Che succede? Ho la punta del naso sporca?"

Vittorio sembrò non udirlo. Seguitava a guardarlo con insistenza.

" Ehi, ti sto parlando. Mi senti?"

" Sì, scusami." si scosse Vittorio. "Sto guardando i tuoi occhi. Non sono solo belli, ma mi dicono un qualcosa, non so, come se ti avessi già conosciuto. Sei sicuro che non ci siamo già incontrati prima?"

Franco pensò che si trattasse di uno stratagemma un po' ruffiano usato da Vittorio per rendersi più interessante.

"Lo ritengo piuttosto improbabile, perché, soprattutto negli ultimi quattro o cinque anni, escludendo Benidorm, Paolo ed io non andavamo quasi mai fuori. Gli amici sì, li frequentavamo molto o a casa loro o a casa nostra, ma fuori no. Non si usciva quasi più. Forse mi confondi con qualcuno che mi somiglia" osservò pensando così di chiudere l'argomento non attribuendo alcun peso alle supposizioni di Vittorio, il quale, però, sembrava sinceramente convinto di quanto diceva.

Dopo un po' riprese:

" E a Madrid? Madrid ti suggerisce niente?" incalzò.

" Beh, sì. A Madrid è possibile, perché uscivamo quasi tutte le sere ed andavamo spesso in un locale che si chiamava D.B. Però ti sto parlando di una quindicina di anni fa o poco più."

" Sì, lo conosco, perché è un locale frequentato da persone di una certa età."

"Difatti è per questo che ci andavamo".

Vittorio rimase pensieroso per un istante poi, improvvisamente, esclamò con l' entusiasmo di chi ha fatto una scoperta: "Ci sono! ora sì che ci sono! Ti ricorda niente un ragazzo che una sera, proprio in quel locale, ti ha fermato manifestandoti la sua ammirazione per i tuoi occhi e ti ha proposto di approfondirla, cercando magari un posticino più adatto alla circostanza?"

Franco si concentrò sulla domanda di Vittorio, poi, a poco a poco il suo volto si illuminò mano a mano che il sipario della sua memoria si apriva. "Cavolo, certo! vicino alla scala, al piano di sotto dove si trovano le toilettes!"

"Sì, esattamente. E tu mi rispondesti che ti dispiaceva molto, ma che avevi il tuo amico che ti stava aspettando al bar del piano di sopra."

"E tu replicasti che lo invidiavi e che avresti voluto essere nei suoi panni. Nooo! E' incredibile! Avevo dimenticato tutto. Ma ancora più incredibile come mi sia tornato tutto subito alla mente. Com'è possibile? Però, anche se ora ricordo perfettamente la situazione, non riesco a riconoscerti in quel ragazzo.".

"Si parla di circa vent'anni fa, non dimenticarlo. Allora ero alle mie prime armi ed ero anche un po' più cicciottello."

Franco pensò che se avesse dovuto raccontare questa storia a qualcuno, non si sarebbe sentito offeso se gli avessero manifestato dei dubbi sulla sua autenticità, perché lui stesso era ancora incredulo.

Però che bella cosa gli era accaduta!

Nell'uscire dal ristorante Franco si rese conto che non si era parlato affatto del libroche, invece, stando alla telefonata di Peter, avrebbe dovuto essere il motivo dell'incontro.

Beh, poco importava. Lo avrebbero fatto in futuro, sempre che ci fosse stata un'altra occasione per farlo.

A quel punto era chiaro che nessuno dei due aveva intenzione di chiudere la serata con una formale stretta di mano. Entrambi si erano capiti alla perfezione e avevano voglia di conoscersi più intimamente, ma non sapevano dove andare.

A casa di Franco non era possibile, perché, da quando Paolo era morto, era tornato a vivere con la sorella e, per quanto riguardava la casa di Vittorio, questa era occupata temporaneamente dai suoi genitori che erano venuti a trovarlo dalla loro città, che si trovava in Puglia.

Si avviarono verso l'auto che era parcheggiata lungo il viale non molto lontano dal ristorante.

Quasi obbedendo ad uno stesso comando, non appena furono in macchina, si guardarono un istante, accostarono i loro visi e si baciarono. Fu un bacio intenso, lungo. Le labbra di Franco scivolarono lungo il collo di Vittorio, risalirono verso l'orecchio soffermandosi, con piccoli morsi delicati, sul lobo per dischiudersi infine sulle sue di labbra.

I loro sensi facevano scintille e sentirono l'imperiosa necessità di cercare un posto isolato in qualche quartiere i cui residenti fossero ancora in vacanza.

Lo trovarono nei pressi di un parco, facilitati anche dal fatto che era l'una passata. Si accertarono che non ci fosse nessuno nei paraggi e, una volta rassicurati, si abbracciarono di nuovo, mentre le mani frugavano curiose all'interno dei pantaloni, con l'ansia di toccare, di stringere.

Fu tutto indicibilmente bello, anche se troppo rapido, e quell'aria di clandestinità rese tutto più emozionante, come se fosse stata la prima volta per entrambi.

Rimasero ad osservarsi per alcuni istanti, soddisfatti. Si sorrisero e, in silenzio, si sistemarono gli indumenti.

Vittorio riaccompagnò Franco a casa , che era abbastanza vicina al posto dove si erano fermati, e si salutarono con la promessa che si sarebbero sentiti il giorno appresso.

Erano mesi che Franco non si sentiva così felice, così appagato.

Andò a letto pensando che forse aveva trovato una bella persona con la quale costruire un bel rapporto.

E Paolo?A Paolo non pensi? Non stai correndo troppo?Non pensi che forse stai sbagliando tutto? E l'età? Non pensi all'abisso incolmabile creato dalla differenza d'età fra voi due? gli ricordò una voce interna in tono di rimprovero.

Era una voce che Franco conosceva molto bene, perché nel corso della sua vita gli era capitato molte volte di sentirla. Era la voce, diceva a se stesso, del suo Buon Senso, che si faceva sentire molto spesso nei momenti in cui doveva prendere decisioni importanti, ma che raramente veniva ascoltata.

Già, Paolo. Ma Paolo era indiscutibilmente parte indissolubile della sua vita. Le esperienze, i ricordi, l'amore, tutto faceva parte di un qualcosa di insostituibile e di indimenticabile.

Paolo gli era entrato nel sangue: anzi *era* come il sangue che continua a scorrerti nelle vene anche quando non ci pensi, ma tuttavia è parte integrante di te, ti dà la vita.

Questo era Paolo per Franco.

Sì, va tutto bene. Ma che intendi fare realmente? Metterlo da parte? Non girare intorno alla domanda che ti ho fatto. Rispondi onestamente.

Santo Cielo, come avrebbe potuto metterlo da parte, dimenticarlo. Gli aveva voluto, gli voleva tuttora un bene immenso e questo era sempre stato sotto gli occhi di tutti. Non c'erano dubbi che era e sarebbe stato per sempre il più grande amore della sua vita, non doveva certo insistere per essere creduto; ma ora gli era capitata una cosa che non si sarebbe mai sognato che gli sarebbe potuta capitare. Una cosa bella, inaspettata.

Si rifiutava di pensare di aver fatto qualcosa di offensivo nei riguardi di Paolo; comunque non poteva essere più offensivo di quanto non lo sia l'aggrapparsi ad un salvagente per non annegare.

Si sentiva improvvisamente vivo. Era una colpa se si sentiva vivo? Che cosa avrebbe dovuto fare? Dedicarsi ad una vita votata al misticismo? All' astinenza? Alla contemplazione? No! Non si sentiva assolutamente predisposto per nessuna di queste virtù. Si era reso conto, tutto ad un tratto, che aveva ritrovato il piacere del contatto fisico con un'altra persona, l'appagamento del sesso. Ecco, l'aveva detto. Sì, il sesso! Dopo più di due anni era lecito sì o no riscoprirne il piacere?

Nella sua passata rinuncia non c'era stato assolutamente niente di eroico né nulla che avesse a che fare con un innato spirito francescano. No. Semplicemente non ne aveva più sentita la necessità.

Con Paolo l'accordo era stato perfetto e Franco non aveva mai sentito, fino a quel momento, il bisogno di cercare sostituti, né tantomeno di fare confronti. Con la morte dell'amico, Franco aveva semplicemente rimosso dalla sua mente l'idea di ricostruirsi una vita a due.

Quanto gli stava accadendo ora non solo era diverso ma anche nuovo.

Nei giorni successivi, per esempio, imparò che uno squillo interrotto del cellulare non significa necessariamente un'interruzione dovuta a ripensamenti o a cause di forza maggiore, ma può significare anche: " Ehi, sono qui. Ti penso. " Non era meraviglioso, tutto questo?

Capitolo IV

Il giorno seguente fu tutto un susseguirsi di sms.
Vittorio: 'Tra poco ti chiamo. Baci.'
Franco: 'Mi manchi. Baci.'
Vittorio: 'Anche tu. Tanto'
Ancora Vittorio: 'Il tempo è incerto e i miei hanno rinunciato alla gita che avevano organizzato. Bisogna avere pazienza, dolcissimo. Baci'.
Fra un sms e l'altro Vittorio inviò per e-mail alcune fotografie che lo ritraevano nella località di mare in cui vivevano i suoi, in Puglia.
" Ti mando un paio di mie foto dove potrai vedere quanto il mare mi renda felice".
Era vero: non poteva esserci una cornice più appropriata, pensò Franco, per il suo corpo abbronzato, ben fatto e atletico.
Incredibile! disse a se stesso. Aveva conosciuto Vittorio attraverso i baci, le carezze, il piacere, ma in realtà non sapeva come fosse fatto fisicamente. Questo gli fece tornare alla mente quanto incomoda e assurda fosse la maniera in cui vivevano il loro rapporto.
La loro era una relazione fatta di momenti rubati agli impegni di lavoro di Vittorio e di attese per Franco. Una relazione fatta di messaggi affettuosi o di rapide telefonate sussurrate. Incontri fatti di clandestinità, belli, intensi e troppo rapidi.
Nessuno dei due poteva usufruire della propria abitazione, Vittorio era totalmente contrario ad andare in albergo e Franco non riteneva opportuno insistere. Stavano bene insieme, ma cominciavano a sentire il peso di quella situazione.

In genere la sera, dopo aver cenato in qualche ristorante, cercavano freneticamente un posto nascosto ed isolato in quartieri ancora semideserti, grazie alle vacanze ancora in atto, in prossimità di zone ricche di vegetazione all'interno della quale fosse possibile occultare la macchina. Restavano a lungo abbracciati e a Franco sembrava, in quel modo, di assorbire tutta la tenerezza che Vittorio gli trasmetteva.

Il giorno dopo l'ultimo incontro, Vittorio telefonò a Franco per comunicargli che aveva un'oretta libera per cui, se credeva, avrebbero potuto vedersi alla Stazione Termini.

" Verso che ora?" chiese Franco.

" Le 15,30 potrebbero andare bene?"

" O.K. Baci".

Ancora un sms dopo circa un'ora. Era Vittorio.

" Confermi per le 15,30?"

" Sì, confermo. Ti aspetto davanti all'entrata principale di fronte alle scale mobili".

Franco arrivò leggermente in anticipo. Si guardò intorno e dopo circa dieci minuti si voltò e lo vide salire le scale. Avrebbe voluto stringerselo al petto, tanto si sentì felice. Si sedettero a un tavolo del bar della galleria superiore e per un po' stettero a guardarsi.

Le mani si allungarono sul tavolo e timidamente si sfiorarono.

Era pieno di gente. Franco era visibilmente emozionatissimo per il piacere di vedere Vittorio, certo, ma lo era anche perché sentiva il dovere di parlargli seriamente su quello che pensava stesse nascendo fra loro o, più esattamente, quello che stava verificandosi *in lui*. Ci aveva pensato tutta la notte e si convinse che doveva prospettargli le difficoltà nelle quali sarebbero incorsi. Avrebbe ritenuto disonesto il non farlo.

" A che cosa stai pensando ?" domandò Vittorio.

" A noi due. No. E' più esatto dire: a me. Non avrei mai

immaginato che mi sarebbe potuta capitare una cosa del genere."

" Di che genere?" Insistette Vittorio sorridendo, intuendo a che cosa Franco si riferisse.

" Valà che hai capito benissimo. E' una cosa che mi riempie il cuore di gioia ma che nello stesso tempo mi spaventa moltissimo."

" Spaventare perché? Non ti sembra bello tutto quello che ci sta accadendo?"

" Certo che mi sembra bello. Troppo bello per durare."

" Ma non possiamo essere noi a dare una scadenza a queste cose. Durano fino a che devono durare e fintanto che durano dobbiamo essere noi a renderle piacevoli. Non sei d'accordo?"

" Non mi sono spiegato. Quello che intendo dire è che non è una situazione facile la nostra. A parte il fatto non secondario del tuo lavoro che potrebbe portarti dovunque, sottoponendoci ad una lontananza che, almeno per me, sarebbe durissima, ma poi c'è da considerare il fatto ancora più importante della differenza d'età. Un divario tale che sarebbe un eufemismo paragonarlo ad un abisso. La mia è un'età a rischio, un'età in cui tutto è possibile." Gli teneva la mano mentre parlava.

"Un'età" proseguì "che non permette di fare progetti o piani di nessun tipo. Un'età pericolosa."

Stava parlando con impeto, si potrebbe dire senza punteggiatura, ma con profonda emozione, quasi a volersi liberare di un peso che stava diventando insostenibile, perchè metteva in gioco il suo senso di responsabilità, la sua vita stessa. Mano a mano che procedeva vedeva il volto di Vittorio turbarsi.

" Franco, mi stai responsabilizzando come mai mi era capitato in precedenza. E anche spaventando."

Sì, Franco cominciava a rendersene conto e, via via che parlava, si pentiva sempre più di avere affrontato quell'argomento. Pensò che forse stava compromettendo tutto, ma a quel punto era troppo tardi per tornare indietro.

Ma che idiota che era stato, si disse. Non sarebbe stato meglio parlare di una bella amicizia con sesso invece di interpretare il ruolo del vecchio saggio? Si accorse che aveva innescato una bomba che, se esplosa, avrebbe provocato, con la sua deflagrazione, danni irreparabili a quanto stavano cercando di costruire.

O stai tentando di costruire? Mi sembra che tu ti sia lasciato prendere la mano in questa faccenda e che non abbia tenuto conto delle circostanze che la caratterizzano.

Per esempio: Vittorio ha indubbiamente mostrato dell'ammirazione nei tuoi riguardi, ma ti risulta che abbia mai parlato di un legame duraturo nel tempo?

A me non sembra proprio.

E' vero! Che illuso che era stato. Aveva frainteso tutto.

Si era lasciato prendere da una specie di cieca esaltazione, provocata dal nuovo, inaspettato rapporto e aveva lasciato correre l'immaginazione a briglia sciolta.

Con fatica arrivò alla fine del discorso e fissò intensamente il giovane, forse sperando che questi gli dicesse che quanto gli aveva prospettato non lo turbava affatto, che era disposto a correre tutti i rischi che il loro rapporto comportava. Invece Vittorio, che lo aveva lasciato parlare senza interromperlo, lo stava guardando con stupore, con sgomento. Restò un attimo pensieroso dopodiché gli disse:" Sono turbato. Penso che sia opportuno rivedere il tutto, riesaminare la situazione."

Franco all'improvviso ebbe la sensazione che nella sua mente si fosse fatto il vuoto totale, ebbe la sensazione di non afferrare più niente di quanto lui e Vittorio si stavano dicendo. Era come se avesse perduto il senso della realtà. Ebbe soltanto la consapevolezza delle macerie che stavano accumulandosi intorno a lui.

Avrebbe voluto parlare ancora, tentare di spiegare i motivi che lo avevano indotto ad affrontare quel discorso. Avrebbe addirittura voluto rimangiarsi quanto aveva detto fino a quel momento, ma non riusciva a proferire una sola parola. Guardava soltanto, con la tristezza di chi sa di avere subito una sconfitta, il volto del giovane, che era rimasto in silenzio, con sul viso un'espressione che lo faceva sembrare appena uscito da un congelatore.

Vittorio controllò l'orologio e si accorse che l'ora era volata via come il vento.

" Si è fatto tardi. Devo tornare in ufficio." e aggiunse mentre si alzava: "Domani vado a trovare i miei in Puglia e mi tratterrò là un per un po' di tempo."

Franco non gli chiese quando sarebbe tornato. Era una domanda più adatta ad una coppia già formata che ad una frequentazione che non aveva ancora assunto una configurazione precisa.

Quella forma di ansia che aveva cominciato a manifestarsi durante il discorso che gli aveva fatto, diventava sempre più evidente, malgrado i suoi tentativi di tenerla sotto controllo. Era teso come una corda di violino, rispondeva incapace di nascondere l'emozione che trapelava dalla sua voce e tutte queste manifestazioni di malessere interiore disturbavano molto chiaramente anche Vittorio che manifestava apertamente il disagio provocatogli dal discorso fattogli da Franco e, con esso, una certa preoccupazione che tentava di mascherare con una serenità che appariva falsa da lontano un miglio.

Franco si ricordò improvvisamente che gli aveva portato finalmente il libro.

" Fammi sapere che cosa ne pensi. Non farti prendere da inutili scrupoli nel dire la verità, anche se sgradevole."

" Grazie. Mi fa proprio piacere che tu te ne sia ricordato. Lo leggerò domani durante il viaggio. Conoscendo l'autore sono certo che non potrà non piacermi."

Una frase pronunciata quasi per allentare quella tensione che si era creata fra di loro. Si salutarono con un certo imbarazzo e Franco guardò il giovane che si allontanava senza voltarsi. Ebbe un brivido.

Il giorno seguente, mentre Vittorio era in viaggio per la Puglia, Franco gli mandò un sms confidandogli quest'ansia che lo turbava e che gli faceva temere una rottura fra di loro. La risposta fu tenerissima e immediata: " Perché queste paure? Ti ho detto che ci tengo molto alla tua amicizia. Non avere queste tensioni se no mi fai preoccupare".
Finalmente Vittorio stava leggendo il suo libro; se lo era tenuto appositamente per il viaggio. Gli mandava spesso degli sms dal treno con commenti relativi al punto in cui era arrivato con la lettura:
" Descrizione degli atteggiamenti delle coppie gay nei bar perfetta. Baci."
Oppure:
" Non so come finisce, ma gli hai voluto veramente bene (riferendosi a Paolo). "Io non ci sarei tornato insieme." Si riferiva al periodo in cui Paolo aveva preso una sbandata per un professionista di Burgos, durata alcuni mesi.
Malgrado gli sms che si scambiavano, l'assenza di Vittorio lo turbava parecchio.
Lo turbava perché tutto era rimasto in sospeso fra di loro e perché aveva notato che gli sms gli arrivavano con sempre minore frequenza con il passare dei giorni. Fra i commenti che Vittorio aveva fatto al libro durante il suo viaggio ce n'era stato uno che aveva fatto squillare il primo campanello d'allarme: " Bella la citazione dell'addio alla libertà. Mi ci rivedo molto in quella. Una delle mie paure più grandi. Baci ".
Franco afferrò il senso del messaggio e sentì il dovere di rispondergli all'istante: "Ricevuto. Baci." *Così potrai dormire sonni tranquilli* _avrebbe voluto aggiungere.

Le sue giornate erano oramai scandite dal segnale del cellulare che indicava l'arrivo di un sms e, specialmente, dalle attese che si facevano sempre più lunghe e angosciose con il diradarsi dei messaggi.

Ad ogni squillo scattava pensando: *'Speriamo che sia lui'.*

Meglio di no. Ma che cosa ti aspetti? Ti rendi conto a che cosa stai andando incontro? Quanto tempo pensi che potrà durare, nel caso che questa cosa vada nel modo in cui tu vuoi che vada, cioè nel modo sbagliato? Ha quasi la metà, la META' *dei tuoi anni. Devi ragionare, rassegnarti.*

' Vorrei, ma non ci riesco.'

Devi, invece. Ti rendi conto che quello che ti aspetta sono soltanto sofferenze certe? Ma ragiona. Lo sai benissimo anche tu che non può durare. La tua è un'età pericolosa: può accadere di tutto in qualsiasi momento, glielo hai detto tu stesso.

E anche se non accadesse nulla, che fai? Ti rassegneresti a vedere il tuo compagno cercare altrove quello che tu, un giorno, non gli potrai più dare?

Sono quasi due settimane che non vi vedete. Come pensi che le abbia trascorse? in ritiro spirituale? A quell' età gli ormoni viaggiano a 3000. Più di due settimane a 'digiuno' alla sua età, ti rendi conto? Dì un po': tu che avresti fatto al suo posto? Ma non è solo questo. Se ti ammalerai, pensi che sia generoso da parte tua sacrificarlo presso di te? Pensi che sia amore questo?

Ha tutta la vita davanti a sé, una carriera brillante. Lascialo in pace e mettiti in pace anche tu. Fammi il piacere: ripensaci. Soprattutto in questo periodo che è andato a trovare la famiglia, ripensaci. E speriamo che in questo periodo di attesa ci ripensi anche lui.

Ci ha pensato, sì, ed è stato tutto più rapido di quanto non avesse previsto.

In realtà Franco aveva subodorato qualcosa: è vero che Vittorio era in vacanza ed è vero che stava con i suoi, ma un minuto per parlare, intendeva proprio *parlare* e no inviare sms, si può trovare sempre, magari anche quando si è nel bagno. Un sms con semplici saluti nell'arco di un'intera giornata è davvero poca cosa per chi aspetta.

Tutto questo parla molto, molto chiaro. Ci sta pensando, è evidentissimo. Sta riflettendo. Meglio così. Sì, molto meglio così.

Franco cercò di uccidere l'ansia delle attese tuffandosi in qualsiasi attività lo potesse tenere occupato: musei, passeggiate e soprattutto gli incontri con gli amici.

Gli amici, sì, che avevano rappresentato sempre una parte molto importante nella sua vita. Gli amici e, naturalmente, le amiche, sempre pronte ad aiutarlo, a sostenerlo in qualsiasi occasione, non solo con i consigli ma, a volte, semplicemente con la loro presenza.

Finalmente un sms. E' Vittorio. Il libro gli è piaciuto.

" Ho i brividi su tutto il corpo. Bellissimo libro, anche se mi ha portato moltissima tristezza alla fine. Hai avuto coraggio a scriverlo. Mi ha anche fatto molto riflettere. E' evidente che sei una persona sensibile. Non vorrei aprire con la mia presenza ferite non ancora chiuse. Penso si debba andare piano fra noi. Non vorrei in nessun modo farti del male. Un abbraccio".

'Penso che si debba andare piano. *scrive. Che frase odiosa. Soprattutto che significato può avere? Andare piano . Cautela nel frequentarsi? Come si può impostare, se non proprio una relazione, almeno un' amicizia sulla cautela? Cautela. Cioè prudenza. Ma un'amicizia, se tale, deve essere svincolata da questi limiti. Che senso ha suggerire di andare piano. E' come se si volesse controllare l'amicizia con il contachilometri.*

'O forse il mio è un ragionamento illogico dettato dall'opportunismo' rifletteva, *'dal mio rifiuto di accettare il giusto andamento che sta assumendo la situazione e la pretesa che invece vada nel modo in cui vorrei che andasse.'*

Comunque, da quello che gli sembra di avere intuito dai messaggi ricevuti, la storia volge alla fine. Farà un po' di male per qualche giorno, ma poi passerà. Dopotutto non lo ha frequentato al punto di affezionarglisi profondamente.

Ma che stai dicendo? Ti prendi in giro da solo? Anche le infatuazioni- perché di questo si tratta - fanno soffrire. Se fosse il copione di una commedia ci sarebbe scritto: segue risata amara.

Franco interpretò il messaggio relativo al libro come un suggerimento, un invito a troncare o perlomeno a prendere entrambi la cosiddetta pausa di riflessione. L'aspetto più sconcertante di tutta la situazione era che si pensasse di ricorrere a uno di quei provvedimenti ai quali si fa ricorso, in genere, quando la relazione va avanti stancamente da anni.

Nel loro caso non si poteva parlare neppure di inizio.

Franco rispose al messaggio di Vittorio con un altro sms: " Sarò presuntuoso, ma avevo intuito che c'era qualcosa nell'aria. Non so che dirti. Sono a corto di argomenti. E' stata comunque una fortuna conoscerti. Baci."

Scusami, sai, ma di quale fortuna stai parlando? Non ti toglierai mai di dosso questa veste di nobiltà? Pensi che ne resterà commosso, colpito? Ma dai!

'Ecco fatto' si disse *'Il dente è tolto'.* Seguì il ben noto senso di vuoto, di inutilità, di tristezza devastante.

Pensava di avere chiuso definitivamente con la risposta all'sms. Invece, inaspettatamente, dopo circa un'ora arrivò un altro messaggio.

" Non essere precipitoso. Mi hai parlato di responsabilità,

ricordi? Io ho una vita che oggi è a Roma, domani non so. Per esempio, a settembre sarò a Roma solo cinque giorni. Non voglio farti del male, ma vorrei rimanere tuo amico, sempre che tu lo voglia. Mi sono legato a te, ma penso che una buona amicizia sia la soluzione migliore. Sei dolce, sei intelligente, sei carino, ma ipersensibile, quindi non voglio commettere errori, ma voglio essere solo un surplus per la tua vita. Baci."

'Surplus'. Che espressione arida. Non aveva proprio niente altro di meglio fra cui scegliere nel suo campionario?

Ripensò al *saggio* discorso che aveva tenuto alla stazione. Come si pentiva di averlo fatto! Come si pentiva di avere ceduto al suo carattere così incline a fare e a dire le cose in fretta, senza aspettare il momento opportuno, senza meditarci sopra! Sentiva il bisogno impellente di parlargli,per dirgli:

' Ascolta. Non parliamo più di questa faccenda. Quello che era necessario dirci è già stato detto da me giorni fa alla stazione e oggi da te, quando ti sei mostrato preoccupato per la mia sensibilità. Beh, al diavolo la sensibilità. Quando arriverà il momento in cui dovremo, per qualche motivo, lasciarci, allora affronterò tutte le conseguenze. Ora desidero solo amarti.
Però non così di fretta, di nascosto. E' degradante, avvilente. Dovremo pensare a come risolvere questo problema. Se non sarà possibile da te, allora qualche fine settimana potremmo passarlo fuori. Non so. Dì anche tu qualcosa.'

Questo era quanto sentiva il bisogno di dirgli, ma capiva che, ormai, era tardi. Troppo tardi per tutto.

Stranamente Franco si addormentò quasi subito, quella sera. Lo stress al quale era stato sottoposto durante la giornata lo aveva stremato.

Il giorno dopo cominciò con quella sensazione di malinconia, di angoscia e frustrazione che aveva già conosciuto in passato, nei momenti di crisi con Paolo.

Uscì, fece un lungo giro, senza meta. Si trovò per caso di fronte all'UPIM. Entrò e si aggirò fra i vari reparti senza avere un'idea ben precisa in mente, finché si decise a comprare una camicia ed un paio di blue jeans; poi passò in libreria chiedendo se era arrivato un romanzo che aveva ordinato, ben sapendo che il magazzino al quale era stata fatta la richiesta era ancora chiuso per ferie.

Sentiva il bisogno di parlare, di sfogarsi. Telefonò a Daniela, poi si rese conto che a quell'ora forse dormiva ancora.

Spense in fretta il cellulare e provò con quella sciagurata - la chiamava affettuosamente sempre così, perché era sempre oberata da mille problemi- di Tiziana, ma figuriamoci se la trovavi! Ginny forse sarebbe andata altrettanto bene, ma era da qualche parte in vacanza.

Naturalmente aveva pensato ad Elena e a Riccarda, le due nipoti di Paolo alle quali era molto affezionato, ma temeva il loro giudizio. Temeva che, con la rivelazione di quanto stava vivendo, avrebbe perduto il loro affetto.

Sentiva il bisogno di una presenza femminile, di un consiglio, o meglio, di una rassicurazione, pur non sapendo bene su che cosa: su se stesso? sulla relazione? Quale relazione? No, erano tutte pie illusioni. La cosa era andata nel modo in cui era giusto che andasse e, per farsene una ragione, persisteva nel concentrare il pensiero sulla sua età, a quanto sarebbe potuto durare il rapporto fra due persone così male assortite.

Forse, dopo due anni dalla morte di Paolo, con il quale aveva vissuto una vita intensa, sentiva uno struggente desiderio di affetto, di trasmettere affetto e di riceverne, ed aveva visto in Vittorio probabilmente un appiglio, senza considerare il rischio che da esso sarebbe potuta nascere in lui qualcosa che, a meno che non fosse ben gestita, sarebbe andata un po' più in là della semplice attrazione fisica.

Sì, soltanto pensando al divario d'età gli sarebbe stato restituito quell'equilibrio   emotivo che sentiva, in quel particolare momento, molto instabile.

Per superare quell' ansietà provocata dalla speranza che Vittorio chiamasse, nel pomeriggio fece un'altra passeggiata e fece nuovi acquisti, questa volta in una boutique di Viale Eritrea: ancora un paio di pantaloni, ancora una camicia ed anche un nuovo costume da bagno che aveva in mente di comprare quando Vittorio aveva ventilata l'idea di andare un giorno al mare insieme. Agosto era al termine ed era alquanto improbabile che quella circostanza si sarebbe potuta verificare adesso o in futuro.

Si diede da fare in ogni modo per tenere la mente occupata.

Tornato a casa andò in cantina a prendere delle bottiglie di vino, anche se in casa ne era già stata fatta la provvista. Poi si accorse che il sacco della spazzatura con la carta da buttare era pieno e scese per andarlo a riversare nell'apposito cassonetto. Poi si sedette in poltrona, per poi rialzarsi, sedersi di nuovo e rialzarsi ancora.

Alla Televisione il meglio che trasmettevano era rappresentato da un servizio su *Jack The Ripper*.   Non gliene poteva fregare di meno.

Guardò l'orologio: le diciotto. Che strazio tentare di riuscire ad arrivare almeno fino alle ventitré per poi andare a letto. Lo sguardo andò su alcuni libri acquistati di recente, ma non aveva voglia di cominciarne neppure uno.

Quasi sobbalzò: il segnale tipico di un sms.

Prese il cellulare e fece un profondo respiro prima di leggere il messaggio:" Baci."

Sentì un nodo alla gola che rimandò indietro con forza, o, più esattamente, con irritazione: non si gioca così con i sentimenti di una persona!

Però quell' sms diede significato a quanto rimaneva della sua giornata; avrebbe voluto rispondere con un messaggio dal tono affettuoso, ma non voleva dare a quel gesto più importanza di quanta non ce ne fosse stata nelle intenzioni di chi lo aveva inviato.

Finalmente Vittorio tornò a Roma, ma non ci fu un solo istante in cui poterono stare assieme o semplicemente vedersi. Se non era il lavoro, erano imprevisti familiari, quali l'arrivo di un parente o dei genitori.

I giorni che seguirono furono caratterizzati sempre e soltanto da sms o, al massimo, qualche breve telefonata. C'era sempre qualche ostacolo che impediva loro di incontrarsi.

Cominciò a pensare, e forse non a torto, che probabilmente era una tattica per stancarlo ed allontanarlo. O forse c'era qualcun altro. Perché no? Era un ragazzo attraente e di occasioni doveva averne parecchie, però pensare che Vittorio non avrebbe avuto il fegato di dirgli, con parole adeguate, che era il caso di troncare un rapporto che rapporto non era, sarebbe equivalso a sottovalutarlo. Lo riteneva troppo intelligente e sensibile per non capire che avrebbe, in questo modo, alimentato una situazione che sarebbe risultata scomoda per entrambi e dolorosa per uno solo dei due.

Settembre era iniziato e non ebbero occasione di vedersi neppure in quei giorni durante i quali Vittorio restò a Roma, secondo quanto gli aveva comunicato.

In seguito partì per la Francia – Franco non aveva capito bene se per lavoro o per vacanza - dove si fermò in una località che definì incantevole e di cui Franco aveva dimenticato il nome. Non voleva sapere dove si trovava, con chi si trovava né quando sarebbe tornato. A volte avrebbe voluto cancellarlo dalla sua mente come si fa con un colpo di spugna.

Franco,senti un po'. Ragioniamo con calma. Hai mai pensato che forse l'importanza che Vittorio ha per te è dovuta al fatto che ha saputo farti provare ancora delle emozioni? Sei sicuro di non esserti detto in questo periodo: 'vedi Franco, vali ancora:

sei un uomo attraente, piacevole con il quale è ancora possibile passare dei giorni, forse mesi – comunque non la vita futura-piacevolmente insieme.'

Se riesci ad accettare queste possibilità, allora il tuo ego e più ancora la tua vanità – che in te non è mai morta - troveranno il loro appagamento e Vittorio potrà essere messo da parte. Devi cominciare a considerare questa persona come un complimento che ti gratifica e che serve a ridarti quelle certezze, quella sicurezza che durante il rapporto con Paolo, per quanto fatto anche di tradimenti e bugie, davi per scontate.

Sforzati a pensarla in questo modo, dai retta a me. Vedrai che funziona.

Sì, il ragionamento filava in pieno e lui doveva assolutamente superare quella situazione stagnante. Sapeva che era ancora in tempo, ma non sapeva quale metodo adottare. Aveva avuto, a volte, la tentazione di non rispondere più agli sms. Forse sarebbe stato il sistema migliore, ma anche il più difficile per lui da mettere in atto, almeno in quel momento.

Si accorse che mentre pensava a tutte queste cose, non smetteva di guardare sullo schermo del computer le foto che Vittorio gli aveva mandate per email. Questo era autentico autolesionismo, si disse. Cancellò quelle belle immagini, pigiando semplicemente un tasto, senza esitare un solo istante. Se aveva saputo fare in passato un gesto del genere nei riguardi di Paolo - quando cioè, in seguito alla loro rottura, aveva distrutto tutto quello che lo riguardava: foto, lettere, regali - a maggior ragione poteva, doveva farlo ora nei riguardi di Vittorio.

Forse era un inizio. Un buon inizio.

Comunque non voleva, non doveva diventare vittima di se stesso.

Un altro mezzo per uscirne sarebbe stato quello di pensare a ciò che di negativo tutta quella storia aveva portato, prima fra tutte l'umiliazione di avere messo in gioco la propria dignità, quel rispetto che gli era dovuto quasi per quel diritto che gli veniva dai suoi anni.

Ma se lo hai voluto tu tutto quello che ti sta accadendo, pensando, sperando in chi sa che cosa!

Un momento di debolezza senile, senza dubbio. Si odiava, quasi, per avere l'età che aveva ed il suo spiccato senso dell'autocritica, che era incontestabilmente uno dei lati emergenti del suo carattere, non lo aiutava molto, perché non sempre lo portava a conclusioni positive. Sembrava quasi che questa sua capacità introspettiva tendesse più a distruggere che a costruire. Metteva in evidenza soltanto i lati negativi del suo carattere e forse era proprio questo il motivo di quella sua tendenza alla instabilità emotiva.

La sera di quel sabato ci fu la chiamata inaspettata di Claudio, un ex assistente di volo che aveva conosciuto molti anni prima, in uno dei tanti incontri organizzati dai vecchi colleghi della compagnia aerea della quale Paolo aveva fatto parte e che viveva nei pressi di Nemi. Franco aveva mantenuto rapporti amichevoli con tutti loro e, sebbene si vedessero di rado - un paio di volte all'anno - non dimenticavano mai di invitarlo alle loro riunioni, anche dopo la morte di Paolo.

Per tutti loro era un'occasione per fare delle rimpatriate oceaniche, generalmente presso il collega che aveva la casa più grande o in qualche ristorante dei Castelli.

Era un' occasione per ricostituire il gruppo di piloti e di assistenti di bordo e di parlare dei tempi e delle esperienze vissute insieme, dei colleghi scomparsi e comunque di fare baldoria tutti riuniti, lasciando che il vino scorresse a fiumi.

" E' da Pasqua che non ci vediamo" esordì Claudio " ti rendi conto? E siamo già a settembre. *Shame on You!* "aggiunse, fingendo di dare maggior autorevolezza al rimprovero ricorrendo all'inglese.

" Hai ragione" rispose Franco, felice di quella telefonata che non si aspettava. "
Credimi" proseguì "ho pensato spesso di farmi vivo, ma per un motivo o per l'altro ho sempre rimandato fino a che ho fatto trascorrere tanto di quel tempo da provare vergogna a telefonarti."

"Sei sempre il solito formalista, te lo diceva anche Paolo. Quando ci vediamo, sempre che tu ne abbia voglia?"

"Guarda: tanto per non farmi dare del formalista, domani, sempre che sia tu ad averne voglia, ti vengo a trovare. Devo soltanto informarmi sui mezzi che portano a Nemi. Dimmi esattamente dov'è che devo scendere".

Si stupì per la prontezza con cui aveva afferrato quell'occasione.

" Non dire cavolate. Ti vengo a prendere io verso le dieci. Facciamo colazione insieme e poi ti porto in un ristorante dove si mangia del pesce fantastico – a te piace il pesce, vero?- e con una vista da togliere il fiato".

"D'accordo. Allora, quando sei nei pressi di Piazza Vescovio fammi uno squillo e ci troviamo davanti al bar" e gli dette il nome del bar dove abitualmente si fermava per fare colazione.

Capitolo V

Claudio era più giovane di una decina d'anni e non poteva essere definito bello nel senso convenzionale del termine. Ciononostante il suo aspetto era decisamente gradevole. Aveva un sorriso aperto che dava luce al suo volto abbronzato, molto mediterraneo. Ricordava a Franco un noto tenore di quando era giovane e, come molti tenori di ogni epoca, aveva qualche centimetro di troppo in vita.

Era leggermente più alto di Franco e gli occhi, dallo strano colore ambrato, con il loro modo diretto di guardare, suggerivano intelligenza e lealtà.

C'era ancora fra loro una corrente di simpatia iniziata sin da quando Franco stava con Paolo, simpatia che Franco aveva sempre finto di ignorare, ligio com'era al suo concetto di fedeltà. Gli venne in mente che al pranzo di nozze di una collega, che era hostess nella stessa compagnia aerea dove lavoravano sia Paolo che Claudio, se l'era trovato alla sua sinistra allo stesso tavolo e ricordò anche che, sempre durante il pranzo, aveva cercato insistentemente di provocarlo strusciando la propria gamba contro la sua, tanto che Franco, per evitare che il suo compagno se ne accorgesse, si era alzato adducendo una scusa qualunque. Quando più tardi ebbero l'opportunità di parlare liberamente in un momento in cui Paolo si era allontanato per scherzare con gli sposi, Claudio, con un sorriso furbastro, chiese: "Proprio no?". La risposta di Franco fu categorica: "Proprio no."

Mentirebbe se dicesse che non era lusingato dalle sue attenzioni, ma non voleva provocare nessuna frattura nel suo rapporto con il compagno. Erano appena agli inizi e non aveva ancora idea di quante fratture possono verificarsi nel percorso di vita di un rapporto.

Dopo la morte di Paolo, durante un paio di riunioni organizzate dagli ex colleghi di volo, Franco ebbe l'occasione di rivedersi con Claudio, ma, per un senso di rispetto verso la memoria del suo compagno, non gli dimostrò mai qualcosa che andasse più in là di una piatta cordialità. Ora Claudio si era rifatto vivo. Che cosa significava? Tornava alla carica? Meglio non farsi domande e lasciare che le cose prendessero il loro corso.

Claudio sì che andrebbe bene. Innanzitutto per l'età, poi perché non ha più, essendo in pensione, problemi di carriera. E' gradevole d'aspetto, di piacevole compagnia e poi è evidente che gli piaci ancora. Che aspetti? Non dovete mica convivere. Passate insieme i fine settimana o qualche giorno di festa e vivrete felici e contenti tutti e due come nelle favole. Dammi retta: pensaci.

Claudio si mise in macchina con addosso una certa, inaspettata euforia. Aveva esitato molto, prima di decidersi a chiamare Franco, memore della passata freddezza di questi. Poi decise per il *o la va o la spacca*. La prontezza di Franco nell'accettare il suo invito lo aveva sorpreso e rallegrato. Gli era capitato di pensare spesso a lui, nel corso di tutti quegli anni: Franco rappresentava un po' il suo tipo ideale ed i suoi reiterati rifiuti gli avevano lasciato un po' di amaro in bocca. Ora era libero, pensava, anche se quest'espressione non gli piaceva. Sembrava implicare, quasi, che, con la morte di Paolo, si fosse rimosso un ostacolo. Comunque la realtà era quella: ora Franco era libero e lui voleva tentare di nuovo. Telefonò subito per prenotare un tavolo in un ristorante specializzato in pesce gestito da una coppia di amici, Oscar e Carmelo. Qualcosa gli diceva che questa volta l'incontro avrebbe dato i suoi frutti.

Non gli dispiaceva l'idea di costruire qualcosa con Franco. Però capiva che avrebbe dovuto usare molto tatto. Lo ricordava molto legato a Paolo, perciò non voleva commettere passi falsi ferendone, sia pure inavvertitamente, il ricordo. Non era nelle sue corde l'uso dell'arroganza o dell'insistenza. Era curioso di conoscere finalmente questa persona che si era sempre dimostrata molto riservata o, addirittura, sfuggente.

L'avere accettato di buon grado il suo invito faceva presupporre il meglio.

Arrivò puntualissimo all'appuntamento. Scese dalla macchina e individuò subito Franco, che da dove si trovava gli inviò un saluto con la mano. Attraversò la strada con l' andatura di chi è abituato a camminare su un aereo in volo e ha l'impressione che il terreno gli sfugga da sotto i piedi. Franco non poté fare a meno di guardarlo con ammirazione: indossava un paio di jeans chiari leggermente aderenti sul bacino e alti sul cavallo, probabilmente per rendere le gambe più slanciate; una camicia blu notte con i primi tre bottoni aperti sul torace e le maniche rimboccate fino a metà avambraccio.

Si sorprese ad augurarsi di avere suscitato nell'amico lo stesso senso di ammirazione che lui provava nel guardarlo.

Il saluto di Claudio fu proprio come Franco lo ricordava: spontaneo, affabile.

" Ti trovo benissimo, Franco. Decisamente meglio che a Pasqua. Era Pasqua, vero, quando ci siamo visti l'ultima volta?"

" Sì. Eravamo a cena a casa di Emilio." ricordò Franco.

" Proprio così. Sì, ti sei proprio ripreso bene da allora."

" Grazie. Sì, sto decisamente meglio, in effetti." Franco aveva una voglia matta di confessargli che invece si trovava nella merda totale. Avrebbe voluto parlargli della storia che stava vivendo – male – con Vittorio. No, pensò. Forse non era il caso di farlo con una persona che conosceva ancora poco e, forse, non era neppure il momento adatto.

Si sedettero all'esterno del bar dove si fermarono a lungo,

prendendo due volte caffè con cornetti -integrali col miele per Franco, con crema per Claudio - e parlando soprattutto di Paolo, della sua malattia, della sua sofferenza, ma anche e soprattutto del suo carattere - molto spesso caratteraccio - il tutto con allegria e rimpianto. Franco ricordò alcuni episodi nei quali emergeva il senso dell'umorismo del compagno, quell'umorismo che aveva sempre dato un'impronta di allegria alle loro giornate, e che era accentuato dall'endemica distrazione di Franco. Fra questi ricordò l'episodio di quell'anno che andarono a Madrid e decisero di portare un quadro agli amici che li avrebbero ospitati. Il quadro era stato avvolto accuratamente nella carta da pacchi e legato con lo spago. Essendo troppo grande per le cappelliere al di sopra dei sedile, un'hostess, amica di Paolo, si offrì di metterlo fra lo schienale dell'ultimo sedile e la paratia del galley, cioè quel pannello che divide l'area destinata ai passeggeri dall'area di lavoro del personale di bordo.

Arrivati a Madrid, aspettarono che tutti i passeggeri fossero sbarcati e, quando finalmente Franco si avviò tranquillo verso l'uscita, vide Paolo catapultarsi verso il portello e, spalancando le braccia per bloccare l'apertura, a bassa voce, ma con la potenza di un tuono, intimò: "Porta subito a posto quella valigia!" A quel punto Franco si rese conto che invece del pacco con il quadro aveva preso la valigia dell'equipaggio, con tutti i rischi che questo atto di distrazione avrebbe comportato!

" Ma dico io!" gli disse più tardi quando furono scesi dall'aereo. " Potrei capire se fossero state due le valigie dietro la poltroncina e che tu le avessi confuse l'una per l'altra. Ma era un pacco con tanto di spago quello che dovevi prendere. Possibile che viaggi tanto fra le nuvole da non essertene accorto? Ma come devo fa' io con te, me lo sai di', eh? Come devo fa'." e scoppiò in una delle sue gioiose risate, scuotendo il capo.

Claudio riconosceva perfettamente l'amico in quegli atteggiamenti e rise di cuore nell'ascoltare il racconto di Franco.

Ricordarono anche l'assoluta incapacità di Paolo ad ammettere, nel corso di una discussione, la possibilità di avere torto.

Le conversazioni con lui si basavano tutte esclusivamente sul presupposto che erano sempre gli altri a sbagliare.

Tornarono alla mente molti episodi, ma tutti ricordati senza astio, anzi con simpatia ed con il rimpianto che non potessero più ripetersi.

Dopo le rievocazioni, Claudio cominciò ad indagare sulla vita di Franco.

" Allora" esordì " che cosa mi racconti? Immagino benissimo quello che devi avere passato ultimamente. Credimi: è stato un duro colpo per tutti noi. Ne parlavamo sere fa proprio con Emilio, Lucia ed altri e non riuscivamo a capacitarcene. Paolo era la persona più lontana di ogni altra dall'idea della morte. Da quanto tempo stavate insieme? Un bel po', se non ricordo male."

" Ventitré anni." rispose Franco, con lo sguardo concentrato su qualche ricordo.

" Sì, è davvero un bel po' di tempo. Immagino il vuoto che deve avere lasciato dentro di te. Non c'è che dire: sarà stata la sua prestanza, sarà stata la sua personalità, ma è certo che era una presenza importante, che lasciava il segno dovunque andasse."

Franco non rispose, confermò soltanto con un cenno del capo quanto aveva appena detto Claudio, che proseguì: " Non voglio essere indiscreto e se pensi che lo sia non rispondermi. Ora come passi le giornate? Paolo mi raccontava che dipingi molto bene. Seguiti a dedicarti a questo hobby o ne hai altri...non so. Parla tu, raccontami un po' di cose tue. Hai qualcuno? Ti ascolto, forza."

Franco fu molto vago. Che cosa poteva dire del resto? Neanche lui sapeva come stessero andando le cose. " Mah, non c'è molto da dire. Dopo Paolo ho rifiutato l'idea di ricominciare una vita in due. Soprattutto," continuò, "ritengo impensabile l'idea di potermi innamorare ancora, ammesso che una circostanza del genere possa verificarsi di nuovo alla mia età." Si chiese se non stesse mentendo spudoratamente.

Parlò, mentendo ancora, di avventurette senza nessuna importanza, ma il tono della voce non ingannò Claudio, che lo guardò attentamente con l'aria di chi non se la beve.Tuttavia tacque, discreto.

" E tu?" chiese Franco con la fretta di chi vuole eludere ulteriori domande. "Non dirmi che in tutti questi anni sei rimasto solo, che non c'è stato nessuno."

" Se intendi *stabile* , no, proprio nessuno. Però c'è stato un notevole viavai di colleghi o conoscenti occasionali, questo sì. Tu per me cominciavi a diventare solo un ricordo. Eri diventato quasi una barzelletta per la tua fedeltà."

" Non dirmi che andavi con altri pensando a me. Non ci crederò mai."

" Libero di non crederci, ma per un po' di tempo, non molto per fortuna, è stato proprio così".

" Che posso dirti. Sono quasi imbarazzato; però allora sentivo che dovevo agire nel modo in cui ho agito, soprattutto agli inizi della mia storia con Paolo".

" Cioè, quando ci provavo io". osservò Claudio. Franco sorrise al ricordo.

" Già, proprio così. Gesù, quanto tempo è passato".

Mentre parlavano Franco guardava ripetutamente l'orologio, cercando di non farsi scorgere da Claudio. Pensava ancora alla telefonata che, forse deliberatamente, non arrivava.

Decisero di alzarsi e si avviarono verso la macchina.

Quando arrivarono nei pressi di Nemi era quasi l'ora che Claudio aveva fissata per il pranzo. Uscirono dal centro abitato e giunsero in pochi minuti al ristorante. La vista, molto bella, non suscitò nessuna emozione in Franco che guardò il panorama distrattamente.

Il menu era già stato stabilito da Claudio d'accordo con i proprietari suoi amici.

Fu tutto eccellente e Franco bevve un pochino di più del suo solito bicchiere di rosso a pasto.

"Il caffè lo prendiamo a casa, eh? che ne dici?" suggerì Claudio, guardandolo intenzionalmente negli occhi. Franco acconsentì senza esitare, ma pensava che era già trascorsa mezza giornata ed ancora Vittorio non si era fatto vivo. Forse aveva deciso di assestare quel colpo definitivo di mannaia che Franco temeva, ma che d'altra parte si aspettava che prima o poi sarebbe arrivato e che, tutto sommato, si augurava che arrivasse presto.

La casa di Claudio era piccola, a tre piani, ma molto ben arredata e di quelle che piacevano a Franco: con mura spesse almeno cinquanta centimetri ed un paio di gradini per passare da un ambiente all'altro, cotto misto a parquet sui pavimenti, battiscopa di quercia e tinteggiatura assolutamente bianca alle pareti. Le finestre affacciavano sulla valle conferendo all'abitazione una grande luminosità.

Claudio versò il caffè nella tazzina e la porse a Franco.

" Quanto zucchero?"

" Un cucchiaino, per favore."

Poi se lo versò per sé e, dopo averlo bevuto, esclamò: " Beh, lasciamelo dire: sono proprio contento che tu sia venuto. Ero incerto se rifarmi vivo o no con te. Quando ci siamo visti l'ultima volta mi eri sembrato piuttosto a disagio: forse risentivi ancora della perdita di Paolo. Però ora mi sembra di vederti un po' più sollevato, anche se mi rendo conto che il suo è un ricordo che non ti lascerà mai."

" Sì, ora meno che mai" rispose Franco pensando alla situazione che stava vivendo in quel momento.

" Non voglio essere brutale, ma faresti bene a scuoterti un po' e riprendere contatto con la vita. I ricordi devono essere una consolazione, non una persecuzione."

Prese le tazzine vuote e le posò sul lavandino. Poi si avvicinò a Franco, gli circondò il torace con le braccia e, strusciandoglisi lentamente contro con il bacino, gli disse con la sua consueta dolcezza: " Se non vuoi, non insisterò."

Franco lo guardò diritto negli occhi, abbozzò un sorriso e gli appoggiò il viso sul petto.

"Devo pensare che questa volta è un sì?"

Ciò che seguì fu prevedibilmente molto facile. Sembrava quasi che Claudio avesse capito l'angoscia di Franco ed anziché risentirsene fu molto tenero e con la sua dolcezza riuscì a rendere intenso il loro rapporto, che, finché durò, fece dimenticare a Franco l'esistenza degli orologi. Quell'atmosfera di dolcezza continuò anche sotto la doccia e Franco quasi si scioglieva sotto lo sguardo persistente dell' amico che percorreva il suo corpo con gli occhi, con le carezze, con i baci.

Prima di risalire in macchina, Claudio si avvicinò a Franco, gli mise le mani sulle spalle e, con molta delicatezza, gli disse, rivelando una notevole perspicacia:

"Franco, io ti rivedo sempre con grande piacere, mi piaci sempre molto, ma la prossima volta, se ci sarà, l'*altro* lascialo a casa, per favore. E non mi riferisco a Paolo."

Franco lo abbracciò forte e nel suo abbraccio c' era tutta la gratitudine di cui era capace per la comprensione dimostrata da colui che si stava rivelando come un caro amico.

Guarda che ti sta capitando una fortuna riservata a pochi. Rivedetevi. Fatti vivo tu, perché se lo merita. Non fare sempre il solito sentimentalone stucchevole.

Hai sentito che cosa ti ha detto a proposito della tua fedeltà – con tutto il rispetto per Paolo, per carità - Ti ha detto che stavi diventando una barzelletta.

La sera passò senza che Vittorio si facesse vivo ed anche il giorno successivo trascorse nel silenzio più assoluto. Franco seguitava a ripetersi che era meglio così, che un altro incontro sarebbe stato perfettamente inutile. Che altro avrebbero potuto dirsi che già non fosse stato detto? Forse il metodo adottato da Vittorio era crudele, ma sicuramente necessario e, a quanto pareva, il più efficace.

Gli sembrava di soffrire un po' meno di ieri. Forse l'incontro con Claudio aveva avuto un effetto terapeutico.

La sera seguente una coppia di amici, Carla e Massimo, che abitavano al piano di sotto, invitò Franco ad andare a Castel Sant'Angelo. Nei giardini del complesso era stata ricavata un'arena cinematografica per il periodo dell'Estate Romana e quella sera sarebbe stata proiettata una pellicola di Woody Allen, *Basta Che Funzioni.*

Franco pensava che sarebbero andati in macchina, invece andarono in moto! Salì su quella di Massimo e per tutto il tragitto tenne gli occhi chiusi.

Si era vergognato di dirgli che soffriva moltissimo di capogiri.

Arrivarono un po' in anticipo e si fermarono a bere qualcosa di fresco. La serata era calda, ma già nell'aria si avvertiva un leggero cambiamento di temperatura che preannunciava l'autunno. Che angoscia! E dopo l'autunno l'odiato inverno.

Un po' prima dell'inizio del film uno squillo dal cellulare. Un sms. Solito tonfo del cuore che quasi cadde ai suoi piedi.

"Bbc x la buona notte. Spero che tu stia bene" diceva il messaggio. Franco non comprese bene il significato del Bbc. Escludendo la possibilità che si trattasse della *British Broadcasting Company* pensò che forse significava 'baci'. Forse era un errore di battitura o forse faceva parte di quello strano

linguaggio informatico in voga fra i giovani. Ma non importava.
Importava invece che si fosse ricordato di chiamarlo.
Importava solo quello.
Rispose a *spero che tu stia bene* con: " Ora sì."
Si augurò di avere trasmesso con quelle due parole tutta la gioia
che provava, dopo una giornata colma d'ansia. Poi,
stupidamente felice, raggiunse i suoi amici che, nel frattempo,
avevano preso posto nell'arena.

Massimo e Carla erano due persone estremamente solari. Stare
con loro, oltre che partecipare a conversazioni sempre
interessanti e simpatiche, nel caso di Franco rappresentava
anche una specie di cura disintossicante. Entrambi erano meglio
di un ricostituente.
Appartenevano a quella fortunata categoria di persone che
riescono a restituire serenità   anche a chi sta affondando
all'interno di un sommergibile.
Franco gioiva moltissimo della loro compagnia, ma temeva di
abusarne. Ancora una volta si trovava faccia a faccia con la
differenza di età, anche se meno marcata di quella che c'
era con Vittorio, e avrebbe detestata l'idea che la loro
spontaneità e gentilezza avessero come base il rispetto che si
prova per il solito vecchio. Ma no!
Di sicuro li avrebbe sottovalutati se avesse attribuito loro questi
pensieri.
Finalmente ne hai detta una giusta. Seguita così. Forse per te
c'è ancora speranza.
Con loro poteva parlare liberamente dei suoi problemi, perché
ne erano stati messi al corrente sin dagli inizi della loro
amicizia, e i loro giudizi erano sempre molto sereni ed
incoraggianti, specialmente da parte di Carla, che aveva
un'opinione molto aperta e serena della vita.

Franco aveva un desiderio smodato di chiedere a Vittorio se, fra i suoi piani, lavoro a parte, c'era anche quello di incontrarsi di nuovo con lui, ma, nello stesso tempo, sapeva che il suo orgoglio gli avrebbe impedito di affrontare l'argomento.

Accettava con riluttanza la possibilità che quello stato emotivo di cui era stato vittima durante l'incontro alla stazione avesse potuto causare un distacco tale in Vittorio da fargli desiderare di non frequentarlo più. Di sicuro era subentrata, allo 'spavento' iniziale, una forma di delusione che aveva fatto perdere a Franco quel fascino che sembrava avere avuto al loro primo incontro. Era possibile, sì, era possibilissimo. Perché no? Tuttavia, anche se le cose stavano così, si rifiutava di pensare che Vittorio fosse tanto ambiguo da tenere in piedi un rapporto che col tempo sarebbe diventato non soltanto sgradevole ma anche ingombrante.

Avrebbe desiderato affrontare questo argomento, ma non tramite sms e neanche al telefono. Questi discorsi, pensava, vanno fatti guardandosi negli occhi.

Si chiese se quest'idea di un colloquio fosse un atto necessario al recupero del proprio equilibrio oppure, e questo era il suo timore, se non nascondesse la segreta speranza che potesse ricostituirsi un rapporto con Vittorio. *Ma come ragioni? In quale modo potrebbe ricostituirsi un rapporto fra voi due? Non hai appigli, non c'è niente che possa giustificarlo. Ti aggrappi a quella formuletta di chiusura epistolare –* baci- *come se fosse un invito a ricominciare e non vuoi accettare il fatto che si tratta invece di un semplice saluto usato spessissimo fra amici. Ed è questo l'unico modo in cui devi interpretarlo. Rassegnati.*

Certo. Rassegnarsi era quello che tentava disperatamente di fare. Ma no, non è vero! Non era il rassegnarsi che voleva. Lui voleva uscire definitivamente da quella storia, cancellare dalla propria mente il pensiero di Vittorio. E questo non era facile. Ecco perché desiderava parlargli. E' parlando che molto spesso si mettono in luce lati caratteriali così inaspettati da ribaltare un'intera situazione. E' in questo modo, del resto, che il loro rapporto si era sfasciato in seguito ai timori esposti da Franco durante il famigerato colloquio della stazione. La storia era finita e su questo non potevano esserci dubbi, però voleva chiarire certi malintesi, certe espressioni male interpretate che non era riuscito a digerire completamente.

Ma ne vale veramente la pena?Ne sei convinto?Non è meglio lasciare perdere tutto e cominciare ad ignorarvi reciprocamente?

No. Lasciare perdere tutto, come suggeriva il suo Buon Senso, avrebbe significato seguitare a pensarci e a tormentarsi per un problema non risolto. Franco voleva invece essere certo che poteva benissimo vivere senza Vittorio e questo avrebbe potuto ottenerlo soltanto parlandogli e parlandogli guardandolo negli occhi. Forse non avrebbe ottenuto niente, ma se non tentava non lo avrebbe mai saputo. Non ne sarebbe più uscito.

Verso la fine di settembre Franco si sarebbe dovuto recare con la sorella a Montesilvano per legalizzare l'acquisto di un piccolo appartamento per l'estate. Si sarebbero trattenuti il tempo necessario per le pratiche burocratiche, dopodiché, mentre la sorella sarebbe ripartita per Roma, Franco sarebbe rimasto ancora qualche giorno, per trovare qualcuno che provvedesse alla tinteggiatura dell'appartamento e poi procedere all'acquisto dei mobili.

Si sentì soddisfatto per avere programmato quella specie di vacanza in Abruzzo, così necessaria al suo desiderio di starsene un po' di tempo da solo e di pensare a che cosa avrebbe dovuto fare della sua vita. Doveva soprattutto riacquistare quella serenità che gli sembrava di avere perduta definitivamente e che gli era così indispensabile per disintossicarsi. Per tornare a vivere.

Pochi giorni prima di partire ricevette, inaspettatamente, una telefonata da parte di Vittorio. Gli comunicava che sabato si sarebbe recato, per motivi di lavoro, a Firenze, dove si sarebbe trattenuto per tutta la domenica. Forse c'era la possibilità di stare una mezz'ora insieme, gli propose.

Probabilmente era arrivata l'occasione nella quale Franco aveva tanto sperato per poter   chiarire i suoi dubbi.

Ma c'era poi veramente qualcosa da chiarire?

A Franco era sembrato che ci fosse stata da parte di Vittorio, durante la telefonata, una certa esitazione nel proporre quell'incontro. Fu tentato di chiamarlo per rifiutare, adducendo una scusa qualsiasi, poi decise di accettare. Dopo tutto era stato lui a suggerirlo.

Vittorio fu puntuale e, durante il breve, inutile colloquio che ebbero e che non offrì nessuna possibilità di affrontare a fondo l'argomento che stava a cuore a Franco, manifestò una insolita eccitazione, come quella di chi ha voglia di concludere in fretta un discorso, o, più semplicemente, di concludere e basta, perché ha qualche cosa di meglio da fare.

Fu questa l'impressione che Franco ricevette da quel breve incontro, impressione   che volle attribuire ad un parto della sua fantasia.

Sei proprio ingenuo. O meglio: un ventenne può anche essere ingenuo, ma tu sei proprio scemo. Immagina un po': un appuntamento di lavoro fissato per sabato e domenica. Ma non ti è balenata neppure per un istante l'idea che forse c'è un altro?

Non hai notato la sua eccitazione? Sembrava ansioso, quasi felice di salire sul treno.

'Veramente no. Per quel poco che siamo riusciti a dirci in quella mezz'ora, mi sembra che entrambi siamo stati molto chiari. Una

buona amicizia e, se capita...'

Ma che cavolo significa se capita. *Forse vuol dire che se per caso doveste incrociarvi, che so, in Via del Corso, allora, forse, chissà ...? No, me lo devi spiegare: che significa? Franco, guarda: probabilmente non te ne rendi conto ancora, ma ti viene offerta l'occasione di chiudere con quella che, fino ad ora per colpa tua, e sottolineo tua, è stata soltanto causa di sofferenza per te. Vedrai sarà questione di pochi giorni, poi tutto ritornerà al normale ritmo di sempre. E non dimenticarti di Claudio!*

In un certo senso, ripensando a mente lucida a quel *se capita,* Franco capì che tutti i suoi possibili dubbi erano stati risolti. Vittorio non aveva più nessuna intenzione di riaprire il rapporto fra loro due e quell'espressione non era che una gentile, delicata forma di commiato.

Tutto ad un tratto si accorse di essere invidioso. Non invidioso di Vittorio, bensì della sua giovinezza, della possibilità che aveva di fare cose a lui oramai precluse, che aveva già assaporate, è vero, forse tanti anni fa, ma non così tanti da non ricordarne più il gusto.

Di che cosa ti lamenti? Sono tutte cose che tu hai già avute, che hai già fatte. Ora devi ritrovare il gusto del vivere adattandoti a fare solo ciò che ti è consentito, senza perdere né l'entusiasmo né la gioia per quella gran cosa che è la vita stessa. Capito?

Sì certo, aveva capito. Non doveva buttarsi via in questo modo. Però che angoscia.

Ascoltami: il resto del mese sarà caratterizzato da Vittorio che va a Madrid per motivi di lavoro e da te che vai a Montesilvano per la casa. Approfittane! Guarda che gran parte di ciò che tu chiami angoscia non è altro che vanità ferita. Hai provato anche questa in passato, ricordi? E di sicuro ricordi come poi passa. Qualche giorno e poi passa.

Nel caso avessi ancora dei dubbi ricordati quello che Vittorio ti ha detto pochi minuti prima di salire sul treno: "Prendiamo questa mia partenza come una buona occasione per riflettere e poi, al ritorno, *se ne avremo occasione,* ne riparleremo." *Ma non hai notato come era agitato, nervoso, felicemente nervoso? Sembrava che non vedesse l'ora di salire in vettura. Mai vista una persona più felice di andare ad un incontro di lavoro il sabato e la domenica.*

Era vero, lo aveva notato, altroché, così come aveva notato quel *se ne avremo occasione.* Forse era arrivato il momento in cui sarebbero cessati i messaggini, sarebbe iniziato il silenzio e poi, nel caso ce ne fosse stato bisogno, sarebbe arrivato l'addio definitivo.

Non muoio di simpatia per lui, però penso che sia una persona di buon gusto, per cui immagino che eviterà quella frase spaventosa che viene molto spesso usata in queste circostanze: 'Sai Franco, penso che la cosa fra noi non possa avere un seguito, perciò suggerirei di darci un taglio. Però possiamo rimanere buoni amici.' *Non lo ritengo capace di una banalità del genere. Sia però ben chiara una cosa: io sto chiaramente dalla tua parte perché dei due quello che ha maggiormente bisogno di aiuto sei tu, ma fra voi due quello che ha ragione è Vittorio, non tu. Pensa bene anche a questo.*

Sei tu quello che lo ha spaventato con discorsi inopportuni. Sei tu quello che si è costruito dei castelli in aria ed una vita futura in due del tutto improbabile e sei tu quello che sicuramente lo ha deluso.

Il Buon Senso gli parlava , come sempre, molto chiaramente, senza mezzi termini. Spietato. Era la cosa di cui aveva maggiormente bisogno e, nello stesso tempo, la cosa di cui più volentieri avrebbe fatto a meno.

Claudio! Sì, Claudio, forse, era l'unico che poteva dargli una mano. Però prima avrebbe dovuto confessargli tutto quello che stava vivendo, senza omettere nulla, e poi, semmai, prendere in considerazione l'idea di stare insieme, ma ciò soltanto, assolutamente soltanto, nel caso che la proposta fosse scaturita da Claudio stesso.   Però era tassativo che Franco parlasse sinceramente con lui al più presto.

Di tutto.

Era una soluzione di comodo? Non sapeva rispondere, ma voleva credere che non lo fosse. Claudio, dopo tutto, gli piaceva. Era stato bene con lui.

Ad essere del tutto onesti dovette ammettere che era anche meglio di Vittorio: quegli anni in più gli conferivano quel nonsochè di deciso, quell'aria di sicurezza che erano degli elementi che su di lui avevano sempre avuta molta presa.

Allora perchè Vittorio? Forse perchè era riuscito a risvegliarlo da quella specie di letargo nel quale era piombato dopo la morte di Paolo? Quale assurda speranza lo spingeva ad insistere tanto affinchè si stabilisse fra di loro un legame duraturo, stabile?

Ne era innamorato? Quelle rare volte in cui si era trovato nella circostanza di chiederselo nei riguardi di qualcuno, la domanda che si poneva era sempre la stessa:

 "Che cosa saresti disposto a fare per questa persona?" Ricordò che soltanto nel caso di Paolo la risposta immediata e senza pentimenti fu: "Tutto!"

Era così anche per Vittorio? No. Di questo ne era certo: no. Era sicuro che non sarebbe mai, mai stato disposto a fare grossi sacrifici per lui. Allora? che cos'era? Un nuovo tipo di malattia?

No. Tutt'altro. Come malattia è piuttosto vecchia.

Te lo dico io che cos'è. E' il tuo solito egocentrismo, la tua vanità che ti spingono ad incaponirti nei riguardi di una storia che sai benissimo già da ora che, se anche dovesse avere una ripresa, non potrebbe che avere una rapida conclusione.

Te l'ho detto e te lo ripeto: pensa a Claudio. Forse non te ne innamorerai mai alla follia, ma sono sicuro che già provi nei suoi confronti un affetto che, confessalo, non provi verso Vittorio. Dai! Svegliati e chiamalo subito!Fagli vedere che ti interessa!

Esitò a lungo prima di decidersi, poi lo chiamò al numero di casa, sperando di lasciare un messaggio sulla segreteria. Invece fu proprio Claudio a rispondere.

" Ciao" esordì Franco, " Scusami per non averti chiamato prima. Volevo ringraziarti ancora per la bella giornata trascorsa con te. Sono stato proprio bene. E tu sei stato molto caro. Grazie ancora."

" Beh, non posso che essere felice se la mia compagnia è servita a rasserenarti un po': non era difficile capire che eri a pezzi." osservò Claudio con un tono serio.

" Era così evidente?"domandò Franco, preoccupato che i suoi sentimenti fossero così palesi.

" Altroché" replicò Claudio. "Certo che hai rischiato di brutto. Non ne potevo più di vederti sbirciare l'orologio ogni due minuti. Ora come va? E' proprio tanto brutta la situazione?"

" Beh, lo sai come vanno queste cose: ci vuole sempre un po' di tempo prima che vengano smaltite e ci vuole anche la persona adatta che ti aiuti a superarle."

" Certo. Credo che li abbiamo passati tutti momenti del genere." Fece una breve pausa poi, con tono più vivace disse: "Senti: non so se sono la persona adatta che dici tu, però so ascoltare. Inoltre so fare delle ottime penne all'arrabbiata. Ti passo a prendere come l'altra volta?"

" Non so proprio come ringraziarti. Ti confesso che speravo proprio in questo tuo invito. Sì, va benone e mi raccomando: le penne falle molto arrabbiate."

"Saranno incazzatissime, te lo prometto. Guarda però di venire tu solo questa volta."

Franco fece una risata di gusto. " Stai tranquillo, sarò solo. "

" Benone. Allora stessa spiaggia, stesso mare e sempre verso le dieci."

Dopo essere passato a prendere Franco a Roma, alle porte del paese Claudio si fermò presso un banco di frutta e verdura.
" Buongiorno, Achille. Come va?"
" E come voi che vada, Comandante. Se lavora un sacco e se guadagna poco."
" Ma che me stai a di'. Te stai sempre a lamenta' e sei pieno de quattrini. Senti un po': devo fa' 'n'arrabbiata. Dammi un po' di quei sammarzano. Dovrebbero andare bene, no?"
" Bene? Li sbollenti un attimo e la buccia vie' via come un velo."
" Va be', mi fido. Poi dammi del prezzemolo fresco. Fresco, hai capito? No giallo come quello dell'ultima volta."
" Io il prezzemolo giallo? Se vede che m'hai fatto li corni con qualcun altro.
"Piuttosto, guarda che te stai a scorda' l'ajo."
" No, l'aglio ciò ancora quello che m'hai dato due settimane fa."
" L'aio de due settimane fa? Quello è più moscio del coso mio. Pìate questo che è quello che ce vole. Il peperoncino ce l'hai?"
" Se ciò il peperoncino? Ciò quello abruzzese."
" Vabbè, fa' quello che te pare. Dopo però nun te lamenta' si nun picca."
Franco assisteva divertito a quella scenetta che era molto simile a quelle che si svolgevano al mercato di Val Melaina , quando andava a fare la spesa con Paolo.
Terminato il giro fra le bancarelle caricarono il tutto e si avviarono verso casa.
" Che posso fare?" chiese Franco quando furono in cucina.
" Per il momento osserva e impara. Poi quando la pasta sarà pronta trita il prezzemolo e cospargilo sul tutto. Ah! Naturalmente le foglioline gialle vanno scartate."

" Questa te la potevi risparmiare" disse Franco ridendo allegramente, sfruttando un'espressione che, si ricordò, usava spesso Paolo.

Claudio si muoveva con agilità e destrezza, passando dal lavandino, dove aveva tolto la pelle ai pomodori , al piano di lavoro e da questo ai fornelli. Franco lo guardava con simpatia, immobile e pensieroso.

" Ehi, svegliati! Sbuccia l'aglio e taglialo in quattro pezzi!"

" Agli ordini!"

Claudio fece una quantità esagerata di pasta: " Guarda, che c'è soltanto questo; perciò mangia e non rompere!"

Franco sorrise compiaciuto per quel tono confidenziale e per lui così pieno di ricordi.

Stava facendo la cosa giusta, si chiese? Non lo sapeva. Ma giusta o sbagliata che fosse, l'importante era che l'aiutasse ad uscire da quelle sabbie mobili dalle quali rischiava di essere risucchiato.

Dopo pranzo Franco, più spinto dalla voglia di sfogarsi che dalle domande discrete di Claudio, cominciò a raccontare quello che gli stava capitando, del rimorso in agguato nei riguardi di Paolo e della consapevolezza che non poteva vivere nell'ombra di un ricordo per quanto prezioso esso fosse. Ma soprattutto parlò di questo sentimento indefinibile per Vittorio, che non gli aveva procurato che infelicità. Claudio ascoltava pieno di rispetto, silenzioso ed anche quando Franco ebbe terminato con il suo racconto, evitò di fare commenti.

Più tardi lo portò a vedere il lago dallo stesso punto del ristorante dove avevano mangiato il giorno del loro primo incontro e questa volta Franco fu in grado di apprezzare il panorama. Si voltò a guardare Claudio e lo ringraziò con un sorriso sincero, riconoscente.

Dopo la passeggiata decisero di tornare a casa e Franco ritrovò in Claudio la stessa dolcezza della volta precedente.

Cominciarono così, quasi in sordina, senza che nessuno dei due ponesse condizioni o regole, a frequentarsi con una certa regolarità.

Non c'era dubbio che stavano bene assieme. Non era niente che avesse a che vedere con un amore folle, il loro, ma di sicuro si trattava di un bel legame fatto di rispetto, sicuramente di affetto e, non ultima, un'ottima intesa sessuale. Si vedevano durante la settimana in qualsiasi momento decidessero di farlo e, a volte, Franco si fermava a dormire in casa di Claudio, evitando, però, di farlo spesso, per timore che la cosa potesse assumere l'aspetto di una vera convivenza.

Quando questo non avveniva, allora c'era la telefonata mattutina da parte di Claudio, verso le sei e trenta, sette.

" Buon giorno. So che non è l'ora giusta, ma ho bisogno di coccole. Ti passo a prendere? Poi ti riaccompagno nel pomeriggio."

Sì, di certo Franco stava bene con lui, anche perché in molte situazioni ed espressioni, gli ricordava terribilmente Paolo; lo ricordava al punto che temeva sarebbe potuto arrivare il momento di un confronto fra i due, con il rischio che si sarebbe potuto risolvere in quello che avrebbe ritenuto un tradimento nei riguardi di colui che era stato suo compagno per tanti anni. Ma temeva ancor di più che il pensiero di Vittorio, con la sua invadenza, minasse seriamente il suo rapporto con Claudio.

Avrebbe voluto cancellarlo per sempre dalla sua mente ma non era affatto facile.

I pensieri, si sa, non hanno un interruttore capace di accenderli e di spegnerli a piacere.

Vi erano infatti dei momenti in cui l'idea di Vittorio lo avvolgeva come una nebbia e la domanda che Franco si faceva era questa: *'Ma nelle rare occasioni in cui siamo stati insieme, provava*

veramente qualcosa per me oppure ero soltanto qualcuno con
cui concludere la serata?'
Ma che razza di ragionamenti fai? Perché, il tuo era forse
amore folle nei suoi riguardi? Di sicuro gli piacevi, visto che ci
stava , ma quanto a volerti bene ... ma se   neppure vi
conoscevate, si può dire.
A quel pensiero seguiva subito la dose di veleno.
'Che cosa farà ora a Madrid o dovunque si trovi? Starà
sicuramente con qualcuno, forse avrà un compagno. Forse
saranno a cena e poi se ne andranno in albergo ansiosi di fare
l'amore.'
Beh?   Allora? Che c'è di strano?Perchè tu e Paolo come
concludevate le serate, dopo essere stati a cena insieme? Cerca
piuttosto di ricordarti che ora stai con una persona che,
seguitando a tenere questo atteggiamento, rischi di perdere.
E non pensare che sia tanto ingenua da non capire qual è
l'oggetto di queste tue assenze mentali .
E' per questo che ti suggerisco di non tirare troppo la corda.
Claudio è sicuramente buono e gentile, ma forse ha più dignità
di quanta non ne abbia tu, se seguiti su questa linea.

Non poteva, quella di Claudio e Franco, definirsi
un'autentica convivenza, perché tutto sommato stavano insieme
soltanto un paio di giorni alla settimana, però si comportavano
come se lo fosse.
Andavano insieme a fare la spesa o a girare per i mercatini
locali. Andavano spesso anche a Perugia o ad Assisi, sempre
accompagnati da un clima di allegria e serenità. Non mancavano
mai di tornare a visitare la Basilica di Assisi ed ogni volta
rimanevano incantati di fronte agli affreschi di Giotto che
riproducevano la vita di San Francesco.
"Che te ne pare?" gli aveva chiesto Claudio la prima volta che si
erano soffermati a guardarli.

"Sono...sono...non so." aveva balbettato Franco. "Mi commuovono. Mi trasmettono quel senso di semplicità, di dolcezza che sicuramente erano proprie di San Francesco. "Sono impregnati di amore. Forse il paragone è inappropriato, ma mi viene alla mente il Giudizio di Michelangelo, che invece mi schiaccia con la sua potenza."

"Franco", esclamò stupito Claudio "sei un'autentica rivelazione. Non mi ero accorto di tanta sensibilità. Sono io ad essere commosso." ed avvicinatosi gli stampò un baciò sulla guancia.

Malgrado questi rari attimi di, si può dire, intimità mancava la complicità perché la loro potesse essere definita una vera coppia di fatto. Forse sarebbe venuta col tempo, ma nessuno dei due desiderava, per il momento, un autentico legame. Franco soprattutto non se la sentiva più di tornare ad una certa quotidianità fatta di atti reiterati che aveva voluto dimenticare subito dopo la scomparsa di Paolo per non ridestare momenti che non si sarebbero più ripetuti. Da parte sua Claudio, oramai impastato con decenni di autonomia, era piuttosto riluttante a rinunciarci per tuffarsi in un'avventura il cui esito era ancora tutto da scoprire.

Era un accordo sul quale non avevano dovuto discutere molto. *'In questo momento va benone così. Lasciamo che le cose seguano il loro corso. Poi vedremo.'*

Perché a suo tempo non aveva parlato così a Vittorio? Era una esposizione chiara e semplice della situazione che sarebbe andata a pennello per entrambi.

Invece no! La correttezza! Al diavolo la correttezza!

Quel nuovo ritmo di vita aveva dato una svolta all'esistenza di Franco che a poco a poco si uniformava a quelle abitudini un po' paesane che dopotutto non gli erano sgradite. Aveva acquisito un concetto del *tempo* che era totalmente diverso da quello che aveva a Roma. Era come vivere un po' al rallentatore. Quando uscivano per fare una passeggiata o per fare degli acquisti, un tratto di strada di cinquanta metri veniva a volte percorso in più di mezz'ora, perchè si incontrava sempre qualcuno che si conosceva e che non ci si poteva limitare a salutare con un semplice 'ciao'. Bisognava fermarsi per fare una chiacchierata, per dire una battuta per poi finire, quasi sempre, al bar per il caffe *corretto all'anice*. Questo modo di vivere contribuiva a fargli ritrovare quella serenità che temeva di avere perduta per sempre.

Aveva ritrovato il piacere di fare piccoli regali che pensava sarebbero giunti graditi a Claudio e provava un'autentica gioia nel vedere la sorpresa stampata sul suo viso, quando se li trovava sotto il cuscino.

Claudio a volte diceva: "Siamo una coppia di giovani anziani", riferendosi alla vitalità che li caratterizzava malgrado l'età. In un certo qual modo era vero.

Franco fingeva di non accorgersene e nella sua immaginazione si vedeva ancora giovane ed attraente. Poi, però, c'era sempre il riflesso della sua immagine sulla vetrina impietosa di qualche negozio che lo riportava alla realtà.

Claudio aveva dalla sua quasi dieci anni di meno e, mano a mano che lo conosceva più a fondo, Franco cominciava a trovarlo bello. Oltre al viso, così luminoso, si era accorto, con l'intimità, che aveva anche un bel fisico, sia pure un po' su di peso.

Forse un po' troppo.

Ma era soprattutto il suo carattere a fare di lui la persona affascinante che era: la sua ironia, la sua generosità, la sua inimmaginabile cultura, tenuta nascosta per timore che lo facesse sembrare una prima donna.

Sì, forse il Buon Senso aveva avuto ragione. Ma il Buon Senso ha sempre ragione. Siamo noi che non gli diamo ascolto.

"Domani vado a prendere i biglietti per Montesilvano" disse Franco, mentre erano di ritorno a Roma.

" Ah, è vero che avete la questione del rogito. Quanto tempo vi tratterrete?"

" Allora: partiamo sabato pomeriggio in modo da avere tutta la domenica libera per il mare, nella speranza che faccia bel tempo. Poi, dopo il notaio,nel pomeriggio di lunedì, andiamo a vedere i mobili in un megamercato a circa due chilometri da Montesilvano: il commesso del negozio, al telefono, mi ha detto che se li hanno in magazzino, data la vicinanza, in tre giorni li consegnano.

" In questo caso, rimango là ad aspettare. Appena sbrigata la questione del rogito e dei mobili e, fatto tutto quello che c'è da fare , rimetto mia sorella sul pullman per Roma, mentre io mi tratterrò il tempo necessario per concludere.

"Comunque è importante che sappia la data esatta della consegna, perché alla fine di questo mese la nipote di Paolo compie diciotto anni e desidera che ci sia anch'io."

" E' molto bello questo rapporto che hai saputo mantenere con i parenti di Paolo; evidentemente ti vogliono molto bene."

" Sì, penso che sia così, come del resto lo è da parte mia."

" Ma fintanto che non portano i mobili tu dove vivrai?"

" Nella casa dove vivevamo Paolo ed io, per quel poco che ci abbiamo vissuto, e che ora è passata alla nipote Elena."

"Toglimi una curiosità: quando tu hai cominciato a convivere stabilmente con lui, quale è stata la reazione dei suoi? Io mi ricordo che quando venivo a cena da voi su nella mansarda, genitori, sorelle, fratelli vivevano tutti nella stessa palazzina, quindi non doveva essere molto difficile che vi incontraste per le scale. Come ti sentivi? Immagino che tu abbia dovuto superare un certo imbarazzo."

"Non c'è stata nessuna difficoltà da superare. Ero un nuovo membro che si aggiungeva alla famiglia e come tale mi hanno accolto."

" Fantastico. Non è da tutti."

" Hai proprio ragione. Non è da tutti." rispose Franco mestamente, pensando alle difficoltà contro le quali aveva dovuto combattere in famiglia, dopo che avevano saputo di Paolo.

Il discorso finì lì e non se ne parlò più.

Tranne la questione del rogito, che li tenne impegnati dal notaio non più di mezz'ora, per il resto Franco e la sorella impiegarono quasi tutto il pomeriggio girando per il centro commerciale e trovarono quasi tutto quello di cui avevano bisogno per arredare la casa. L'unico inconveniente era costituito dalla data di consegna dei mobili che non sarebbe avvenuta prima dell' inizio di ottobre.

Decisero di tornare a Roma accettando la notizia della consegna ritardata come un qualcosa che giungeva a proposito, perché avrebbero approfittato dell' inconveniente per far ripulire l'appartamento fintanto che rimaneva vuoto.

Capitolo VI

Come sempre a sorpresa arrivò un messaggio di Vittorio, proprio quando Franco si trovava a casa di Claudio. Diceva che si sentiva poco bene, che non si sapeva esattamente che cosa avesse ma che questo inconveniente aveva fatto saltare tutti i suoi piani. Probabilmente sarebbe dovuto andare a Bologna per consultare uno specialista. Seguirono le solite cose un po' stiracchiate e poi il solito " Baci."

Franco rimase, a dir poco, di stucco.Era certo che, dopo l'ultimo colloquio avuto alla stazione,fosse stata messa la parola 'fine' al loro rapporto. Ora, si chiedeva, perché quella telefonata? Che cosa significava? La mente di Franco cominciò a macinare mille congetture. Evidentemente c'era ancora qualcosa di non concluso e questo rappresentava un problema non piccolo nei riguardi di Claudio.

Attese il momento in cui usciva abitualmente per andare a comprare il giornale per rispondergli e augurargli di risolvere al più presto i suoi problemi. Come ogni altra volta, spedì il messaggio con la certezza di avere fatto la cosa sbagliata. Non c'era, da parte di nessuno dei due, uno slancio, una sfumatura di entusiasmo per avere sentito l'altro che non desse l'impressione dell'inutilità della chiamata.

Perché sprecare così del tempo, ma soprattutto perchè indirizzare così male i propri sentimenti? Prima di chiudere, Franco, non sapeva neppure lui per quale ragione, mentì dicendo di trovarsi ancora a Montesilvano e che aveva rimandato il suo rientro a Roma. Forse per l'intima soddisfazione di dimostrare a Vittorio che poteva benissimo stare lontano da lui? Comprese che sarebbe stato molto presuntuoso da parte sua pensare di avere raggiunto lo scopo. Ma lo fece ugualmente.

Dopo l'sms in cui si lamentava del suo malessere, Vittorio si fece sempre più avaro di messaggi e, finché stava a casa di Claudio, questo rendeva più facile la vita a Franco, perché in questo modo riusciva ad indirizzare i suoi pensieri altrove.

Un giorno che, a Roma, stava andando da Ginny, mentre aspettava l'autobus che la avrebbe condotto in centro, ricevette una telefonata da parte di Vittorio. Non il solito sms. Proprio una telefonata: diceva di non stare ancora bene, di avere chiamato il medico che lo aveva rassicurato sul suo stato, però lui ancora non sentiva alcun miglioramento.

Il colloquio era reso difficile dalla pessima ricezione, aggravata dal rumore del traffico intenso. Franco non riusciva a capire se Vittorio gli stesse parlando di un'allergia o di un' infezione. Le sue frasi non arrivavano molto chiare e Franco non era in grado di rispondere adeguatamente. Seguì l'impulso di dirgli:" Ho voglia di vederti." Ancora qualche gracchio e la linea si interruppe.

Verso le diciassette pensò di mandargli un sms che, in qualche modo, addolcisse la brusca interruzione della telefonata precedente. Diceva: "Mi manca il tuo viso". Si rese immediatamente conto, subito dopo avere inviato il messaggio, che quella frase, dettata dal desiderio di parlargli personalmente, di guardarlo mentre gli parlava, era stata espressa con un tono melenso, romantico che avrebbe potuto suggerire implicazioni decisamente sgradite a Vittorio. Ma era troppo tardi per rimediare.

Il suo sospetto si rivelò giusto. Era un mercoledì.

Si fece vivo con una telefonata a metà pomeriggio della domenica, mentre Franco si trovava a casa di Claudio. Lamentò che il messaggio che gli aveva inviato lo aveva spaventato, che temeva da parte di Franco un attaccamento che non gli avrebbe fatto che del male, dato il ritmo di vita al quale lui, Vittorio, era sottoposto. Anche questa volta il tutto disturbato da una pessima ricezione.

A Franco sembrò anche di capire che avrebbe dovuto sostenere alcuni esami per tentare di risalire a quella che avrebbe potuta essere l'origine dei suoi persistenti disturbi.

Poi i saluti.

Questa volta, però, Franco era veramente irritato da questa storia del *non volergli fare del male*. Oramai sembrava quasi una scusa. La risposta fu immediata.

Afferrò il pc che aveva imparato a portarsi sempre dietro, uscì sul terrazzo e decise di inviargli un' email, anziché telefonargli direttamente, perché voleva ponderare bene quello che aveva in mente di dirgli; non voleva agire d'impulso come era sua abitudine.

'*Ciao Vittorio, ti confesso che sono rimasto piuttosto stupito ed anche un po' irritato dalla tua telefonata e dei tuoi timori. Che cosa pensavi che avessi intenzione di fare inviandoti quel sms? Circuirti? Legarti a me?*

'*Mi manca il tuo viso, questo diceva il messaggio. Pensa un po' a quanto pericolo è contenuto in questa frase. Certo, il tuo viso mi manca perché mi piace guardare in faccia una persona che mi piace e mi piace guardare in faccia le persone con le quali parlo. Detesto comunicare spiegazioni che ritengo importanti attraverso sms. In questo tipo di rapporti io ho bisogno di metterci l'anima, il cuore e per farlo ho bisogno di guardare la persona a cui mi rivolgo, perché è guardandola che posso rendermi conto se ci sono o no delle emozioni da parte sua. Tutto qui, credimi.*

'*Indubbiamente tutto risale a quel maledetto discorso che ti ho fatto alla stazione. Se l'ho fatto è perché mi sembrava giusto metterti in guardia di fronte ad una realtà che è quella che è.*

Certo, avrei potuto fregarmene e lasciare che le cose prendessero il loro corso senza farmi troppi scrupoli, ma avendoti conosciuto un pochino meglio e avendoti ritenuto una persona superiore,quale sei, mi sarebbe sembrato per lo meno ignobile agire in maniera diversa da come ho fatto.

'Comunque è chiaro che, con la paura, lo "splendore" (scusami: non mi viene in mente un termine che sia, come dire, più modesto) che a volte ci sembra di vedere in una persona scompare subito e con esso il suo fascino - ammesso che ne abbia - per lasciare il posto alla delusione. Mi rendo conto di avere offerto uno spettacolo piuttosto triste manifestando quell'agitazione che nasceva dal momento orribile che stavo attraversando e che trovava giustificazione solo nelle fantasie e illusioni che mi ero fatte.

'Agitazione, voglio aggiungere, che non era molto diversa da quella che avevi mostrato tu prima della partenza per Firenze: sembrava che non vedessi l'ora di salire sul treno e partire. Erano diverse soltanto le motivazioni che la provocavano, evidentemente .

'Fra le varie cose che mi è sembrato di capire, fra un gracidio e l'altro della linea,c'è quella che dovrai sottoporti a delle analisi per scoprire la causa dei tuoi disturbi. Se è così, ti auguro con tutto il mio cuore che tutto si risolva per il meglio.

E sicuramente sarà così. Auguri sinceri. Un abbraccio. Franco.

Rientrando in casa, s'imbatté in Claudio che, dalla stanza accanto, aveva sentito lo squillo del cellulare. Avendo visto che Franco era impegnato a scrivere con il suo pc quello che gli sembrò un lunghissimo messaggio, aspettò che avesse terminato per non disturbarlo con la sua presenza. Poi, scorgendo il turbamento sul volto dell'amico, gli si avvicinò, lo abbracciò e gli prese il viso fra le mani, dolcemente, guardandolo serio negli occhi. Nessuno dei due parlò, ma Franco poté leggergli nello sguardo tutte le domande non fatte. Affondò il suo viso nella camicia dell'amico, con forza, quasi con disperazione. Claudio lo abbracciò forte: forse aveva capito e stava tentando di aiutarlo.

Franco dovette tornare a Montesilvano. Giorgio, il pittore, era stato di parola ed aveva finito di tinteggiare l'appartamento nella prima settimana di ottobre.
Scese alla stazione dei pullman di Pescara e prese l'autobus per andare alla nuova casa.
Durante il tragitto non distolse un istante lo sguardo dal lungomare e pensò a quanto era stato bello e dolce, due anni prima, fare lo stesso percorso a piedi con Paolo, il quale, piano piano, ogni tanto si fermava a guardare il mare e, rivolgendosi a lui, osservava " Bello,eh, archité?". Era una gioia che con Vittorio non avrebbe mai potuta assaporare; quasi si dispiacque per avere fatto quell'associazione e, comunque, con il suo ultimo messaggio escludeva la possibilità -il pericolo?- di un riavvicinamento fra loro due. Lo irritò il fatto che, malgrado i tentativi, non riuscisse a cancellarselo dalla mente.
Pensò a Claudio quasi con un senso di colpa; sapeva di essergli veramente affezionato, che con lui stava veramente bene, che con lui aveva ritrovata quella serenità che, se non fosse stato per Vittorio, sarebbe stata completa. Comprendeva che quanto provava per Vittorio era una cosa totalmente diversa: riusciva a pensare a lui solo in termini di rapporto fisico. Aveva lo stesso effetto di una droga: sapeva che non poteva fargli che del male, ma non sapeva rinunciarci.
Scese alla fermata sul lungomare prima che l'autobus girasse per viale Europa e raggiunse la casa rapidamente. Giorgio lo stava aspettando e, con orgoglio, gli fece notare che non solo il lavoro era stato svolto a regola d'arte, ma che aveva pensato anche a pulire perfettamente tutto l'appartamento, vetri compresi. Non

c'era un granello di polvere in giro. Franco si rallegrò sinceramente con lui e, al momento di pagare, aggiunse una cifra in più come apprezzamento per il lavoro ben eseguito.

Ora si trattava di risistemare anche il garage, che si prestava a meraviglia a diventare un mini appartamento, dal momento che il bagno c'era già; però, prima di intervenire, bisognava andare in Comune e vedere se era possibile effettuare il cambio di destinazione d'uso. E poi fare quattro conti con quanto era rimasto in banca.

Fece un salto a casa di Elena, che si trovava a due passi da casa sua, dove avrebbe pernottato, per controllare che tutto fosse a posto.

Notò un'infiltrazione d'acqua causata dalle piogge dei giorni scorsi che, dal terrazzo di copertura, avevano provocato una grossa macchia di umidità sul soffitto della cucina sottostante.

Chiamò subito l'amministratore del condominio per fissare un appuntamento per il pomeriggio. La risposta fu che non era possibile prima di due giorni.

"No, guardi lei non mi ha capito. Con le piogge che ci sono state nei giorni scorsi e che si prevede ci saranno ancora nei prossimi, se qui non si pone un rimedio si allaga la casa. Lei sa benissimo che lavori come questi hanno carattere d'urgenza. Perciò se non ci pensa lei, ci penserà mia nipote a fare tutto quanto è necessario per rimediare al danno, addebitandovi poi tutte le spese." Alle diciotto erano lì a controllare.

Fatto ciò si fermò in casa fino verso le venti e trenta, guardò un po' di tv, poi se ne andò a cena in un ristorante dove facevano delle mezze maniche all'astice gustosissime.

Verso le ventidue e trenta era di nuovo a casa . Si mise sotto le coperte – faceva già freddo- e si addormentò quasi subito.

Dapprincipio pensò che si trattasse di un sogno, poi si accorse che a svegliarlo era stato il tipico suono degli sms. Con Claudio aveva parlato non appena arrivato a Pescara, quindi era improbabile che fosse lui. E poi non era tipo da sms. Lesse il messaggio. Diceva : " Baci." Lo osservò stupito e si chiese il perché di quel gesto.

Che bisogno c'era di inviarlo? Non si era chiarito tutto? Stava ancora male? Franco si sentì emozionato, quasi agitato, e voleva ardentemente che tutto questo non accadesse più, a nessun costo. Tuttavia non riuscì a dormire. Cominciarono le elucubrazioni mentali: forse Vittorio ci aveva ripensato e forse...

... Ci risiamo con i forse. Stai diventando un caso patologico. Allora cerchiamo di ragionare. Forse ci ha ripensato dici tu. Ripensato a che? Che può intraprendere una relazione con uno che ha quasi il doppio dei suoi anni e magari giurandogli fedeltà eterna? Perché è anche a questo che tu pensi: che sia fedele. Certo a te non è difficile pensare di poterlo essere. Ma hai considerato a quando se ne starà fuori, a volte per mesi interi, a quale cura di astinenza si sottoporrebbe? Ti sembra verosimile? A me no! Ma questo è un discorso che abbiamo già fatto ma che evidentemente a te non entra nella testa e io comincio francamente a scoraggiarmi. Che altro posso dirti che non ti abbia già detto? Fa' quello che vuoi. Magari gli vuoi anche rispondere, vero? Ma sì, sii onesto. Pensa un po' che felicità.

'Ma allora perché quel messaggio.'

Ma forse perché ti pensa con tenerezza, forse perché vuole sdrammatizzare la situazione, forse perché è stato un semplice atto di gentilezza verso una persona anziana. Mi è difficile vedere qualche cosa di più importante , di più impegnativo nel suo atto.

'Ma se ha sentito il bisogno di inviarmi un messaggio, allora vuol dire che mi pensa, che ci tiene a me.'

Certo che ci tiene a te. Ci tiene come a una bottiglia di annata: sta degli anni in cantina ma non si stappa mai.

Era tentato di chiamarlo direttamente, poi decise di non farlo. Lasciò passare alcune ore e poi inviò un sms telegrafico:" Come va?" " Sto ancora poco bene . Vado regolarmente in ufficio ma tutti i programmi di lavoro sono stati posticipati."
" Mi dispiace sinceramente. Ti faccio tanti auguri perché gli esami risultino tutti negativi."
L'avergli inviato il messaggio lo mise di cattivo umore. Provò irritazione per questa sua dipendenza da una persona che aveva frequentata tante volte quante sono le dita di una mano o poco più. Si irritò nel ricordare l'agitazione che provava ogni volta che il suo numero appariva sul display del cellulare.
No! così non poteva assolutamente andare avanti. Non era più una questione di dignità; stava diventando una questione di igiene mentale. Inoltre- e non ultimo- era in gioco il suo rapporto con Claudio.

Mancava ancora una settimana alla consegna dei mobili. Era perfettamente inutile che aspettasse lì senza avere neanche la soddisfazione di fare qualche passeggiata sul bagnasciuga.
L'autunno era giunto inaspettatamente in anticipo e faceva decisamente freddo.
Chiamò Claudio e gli espose la sua incertezza.
" Che ci sto a fare qui? Il tempo è troppo brutto per pensare di fare delle passeggiate sulla spiaggia; ho letto tutti i libri che avevamo portati qui io e Paolo, anche quelli in spagnolo, dunque, ripeto, che ci sto a fare? Mancano sette giorni alla consegna dei mobili. Non sono tanti. Che faccio? Mi conviene restare o tornare a Roma?"
" E se venissi io fino a quel giorno? Pensa: sarebbe un'autentica vacanza per tutti e due."

" E' un'idea favolosa!" esclamò Franco con sincero entusiasmo. " Sono felicissimo che tu l'abbia avuta. Sei un genio!" Nello stesso istante in cui manifestava la sua contentezza si rese conto che il letto non era stato ancora consegnato e scartò subito l'idea di sfruttare quello della casa di Elena.

Claudio sembrò leggergli nella mente.

"Naturalmente andremo a dormire in albergo. Non me la sento proprio di dormire nello stesso letto dove tu hai vissuto i tuoi momenti più intimi con Paolo ed immagino che neppure tu lo vorresti."

Beh, che ne dici? Se non è sensibilità questa ...

Furono bei giorni. Anche il tempo fu loro complice e a Franco sembrava a volte di attaccarsi a Claudio sempre di più, anche se il suo animo era intossicato, era il caso di dirlo, da altri pensieri. Cominciava a pensare che quella situazione facesse di lui un caso patologico. Si sentiva come se si trovasse aggrappato ad una corda che sapeva che prima o poi si sarebbe spezzata e che lui si sarebbe fatto molto male.

Il negozio di mobili avvertì che purtroppo si sarebbe dovuta attendere ancora una settimana per la consegna. A malincuore, decisero di tornare insieme a Roma, ma prima Claudio volle vedere il garage.

Ne rimase favorevolmente colpito per le possibilità di sfruttamento che offriva.

Con le opportune modifiche, osservò, sarebbe potuto diventare un monolocale comodissimo, tanto più che era soppalcato e praticabile.

Aiutò Franco a prendere le misure che, una volta tornati a casa, avrebbero sviluppate in un progettino in scala, divertendosi nella ricerca delle soluzioni più adatte al locale. Sì, Franco era contento di questo coinvolgimento da parte di Claudio che gli ricordava tanto quello di Paolo il quale, in queste occasioni, si trasformava in un autentico vulcano. Quando si trovavano in situazioni analoghe, Franco gli ripeteva spesso che sarebbe stato un eccellente ingegnere e Paolo gongolava per questo apprezzamento, non perdendo l'occasione per dire, con una certa soddisfazione, che *gli architetti mancavano totalmente di senso pratico.*

Ecco lo squillo del cellulare. Questa volta era Ginny. Franco le fece capire che in quel momento non poteva parlare, intuendo ciò che l'amica avrebbe voluto sapere.

Le disse che l'avrebbe richiamata più tardi.

Quando gli fu possibile la chiamò e lei esordì :

"Notizie?"

"No, niente. D'altra parte non me le aspetto neppure. E' quasi una settimana che non chiama ed è quasi una settimana che *quasi* non penso a lui. Non è fantastico?"

" Mah, dipende."replicò scettica Ginny.

" Dipende da che cosa?"

" Da quello che hai veramente dentro. Intendo dire che un conto è se lo hai dimenticato perché è stato soppiantato da Claudio, un conto se lo hai dimenticato semplicemente perché le cose che fai ora ti tengono la mente impegnata e lo hanno messo temporaneamente in disparte. Sono due aspetti della situazione totalmente diversi per te e per le relative conseguenze che ne possono derivare."

Franco non rispose. Come aveva ragione Ginny!

" Mi ascolti? Sei in linea?" chiese l'amica.

" Sì, sì, scusami ti ascolto. Altroché se ti ascolto. Il fatto è che hai ragione su tutta la linea ed hai messo il dito proprio nella piaga."

" Perché non lo chiami tu?"

" No, questo non chiedermelo. I suoi lunghi silenzi non sono che un modo, a parere suo indolore, per scaricarmi. Voleva chiudere e c'è riuscito. Io non mi muovo: beh, se me lo permetti ho ancora un po' di dignità, no?"

"Franco!" esclamò Ginny in tono deciso. "Non puoi andare avanti con questo logorio mentale! Chiamalo, scrivigli, vedetevi, fa' quello che credi ma cerca di uscire da questa situazione che sta peggiorando di giorno in giorno in modo morboso. Inoltre" aggiunse "c'è una cosa piuttosto importante che non hai citato quando hai parlato della tua dignità e cioè che in tutta questa storia c'è di mezzo anche Claudio. Spero che sia chiaro anche a te che non è dignitoso né onesto il tuo comportamento nei suoi riguardi. Tieni presente un'altra cosa. Con Claudio potresti godere di una relazione che potrebbe vedervi invecchiare insieme. Con Vittorio questa probabilità non esiste ora e non esisterà mai. Inoltre, sempre parlando di Vittorio, dovresti importi di non affezionarti troppo a lui e vivere questo rapporto con la certezza che prima o poi la storia finirà. Più prima che poi. Vedi un po' tu. Però DEVI deciderti. Non puoi tenere il piede in due staffe: o tagli di netto con Vittorio e ti decidi a vivere serenamente con Claudio o ti rassegni a vivere fra incertezze, dubbi, delusioni ed anche grossi scossoni alla tua dignità, visto che ci tieni tanto. Intendo dire *corna.* Deciditi, ma alla svelta!"

Franco si rese conto tutto ad un tratto di non sopportare più questi consigli, questi avvertimenti, questa convinzione di avere la giusta soluzione per tutto. Lo irritavano,lo infastidivano. Soprattutto lo stancavano.

Tuttavia preferì fingere di apprezzare l'interessamento nei suoi riguardi.

"Sì, sicuramente hai ragione tu." replicò, mantenendo il suo abituale tono gentile."Sono piuttosto stanco e vorrei che tutto si concludesse così, spontaneamente, senza che ci siano né morti né feriti in campo e credo di non essere lontano dalla verità.

"Penso che in entrambi sia scattato lo stesso meccanismo: ognuno pensa che la prima mossa debba venire dall'altra parte e si andrà avanti così per un po' di tempo fino a che si perderà interesse l'uno nell'altro. No, credimi: era quello che voleva e che forse col tempo avrei voluto anche io. Dopotutto che cosa so di lui? Che cosa sappiamo l'uno dell'altro?

"Frequentandoci potremmo scoprire tanti e poi tanti di quei difetti - capita a tutti inevitabilmente - da non vedere l'ora di chiudere il rapporto. A volte non resta neppure l'amicizia."

Capitolo VII

Tornato a Roma, Franco trovò una e-mail da parte di suo nipote Peter. Gli comunicava che sarebbe arrivato in Italia in settimana, perché aveva ancora alcuni giorni di ferie arretrate che avrebbe utilizzate tentando di incontrare alcuni personaggi dello spettacolo al fine di formare un'attività indipendente, autonoma.
Dopo qualche giorno dal suo arrivo, chiamò lo zio e lo invitò a cena in un ristorante nei pressi della via Nomentana.
" D'accordo. Volentieri" accettò Franco. "Se non ti dispiace porto un amico. E' chiaro che si fa alla romana".
" Porta chi vuoi e non dire scemenze. Sono io che ti ho invitato."
Il posto scelto da Peter era una vecchia costruzione adattata a ristorante, sorte comune a molti altri casali della campagna romana. Il tavolo riservato era nel giardino, al quale si accedeva dalla sala da pranzo, e si trovava vicino ad una piscina dalla forma irregolare e con pretese hollywoodiane.
Claudio e Franco arrivarono un pochino più tardi rispetto all'ora concordata, perché avevano trovato traffico lungo la strada da Nemi.

Peter individuò subito lo zio che stava uscendo nel giardino in compagnia di Claudio e si alzò per andargli incontro, lasciando così perfettamente scoperto ... Vittorio, che era seduto allo stesso tavolo. Zio e nipote si abbracciarono con il solito timore di sembrare troppo espansivi e quando Franco si accorse della persona che era rimasta seduta, rimase quasi impietrito.
Peter fece gli onori di casa: " Vittorio, credo che tu conosca già mio zio Franco. Tu, se non sbaglio, sei Claudio, vero?"
" Verissimo, Peter. Sono felice di conoscerti. Tuo zio mi parla spesso di te con molto affetto. Piacere di conoscere anche te,

Vittorio. Poi mi direte come vi siete conosciuti tu e Franco." aggiunse inaspettatamente.

Fu Peter che, con un intuito degno di lui, intervenne prontamente rispondendo alla domanda:

" L'ultima volta che Vittorio è venuto a trovarmi in America, gli ho dato l'incarico di consegnare a quel fanatico di mio zio dei dvd con vecchi film americani che non si trovano ancora in Italia. Si sono conosciuti così."

Franco, cercando di non manifestare il disagio che provava, affrontò di petto la situazione e si diresse deciso verso Vittorio. " Beh, questa è proprio quella che io chiamo una bella sorpresa. Come stai?" disse in un tono che sperava suonasse disinvolto, oltre che essere genuinamente sorpreso. "Benone, grazie. E tu? Anche per me è un'autentica sorpresa." rispose Vittorio con altrettanta sincerità.

Superato il momento delle presentazioni si sedettero a tavola e si può dire che Peter e Claudio furono i protagonisti della serata; familiarizzarono subito e si dimostrarono brillantissimi conversatori, raccontando episodi ciascuno del proprio lavoro e del proprio ambiente, suscitando risate sinceramente divertite.

Ogni tanto Claudio accennava ad alcuni momenti della sua vita con Franco e naturalmente ne risultavano dei racconti con una buona percentuale di comicità, perché facevano riferimento alla sbadataggine di quest'ultimo. Di rimando Franco interveniva divertito mettendo in luce alcune manie di Claudio, che era capace di alzarsi da dovunque stesse seduto o sdraiato per andare a raddrizzare un quadro storto o a sistemare un cassetto che non era stato ben chiuso.

Era evidente che si divertivano entrambi nel prendersi in giro, ma i momenti più divertenti furono quelli in cui oggetto della conversazione furono personaggi noti, verso i quali Peter e Claudio scagliarono con feroce ironia le loro battute. Difatti, sebbene provenissero da attività completamente diverse, entrambi avevano avuto l'opportunità di conoscere personalità quali tenori, soprani, attrici e così via .

Si soffermarono specialmente sulle attrici, soprattutto quelle che oramai erano al tramonto e furono feroci con i loro commenti: quella si è rifatta tutta, l'altra porta le parrucche perché è quasi pelata, quell'altra ancora quando beve tiene il mignolo alzato e via discorrendo. Per questa sua simpatica inclinazione al pettegolezzo Franco chiamava affettuosamente suo nipote "Radio Serva".

Franco e Vittorio sorridevano alle battute, sinceramente divertiti. Ogni tanto si scambiavano un'occhiata colma di interrogativi, ma sembrava quasi che volessero evitare di parlarsi, timorosi forse di tradirsi, bloccati com'erano dall'imbarazzo, ma anche dall'inesauribile esuberanza di Peter e di Claudio, padroni incontrastati della scena.

Fu quest'ultimo, che ad un certo punto, poco prima che si alzassero per andarsene, disse:

"Ho un'idea favolosa! Perché non venite sabato prossimo a casa nostra, così diamo seguito a questa bella serata? Sono un ottimo cuoco, chiedetelo in giro se non ci credete."

Peter fu subito d'accordo; Vittorio rispose di non esserne sicuro per motivi di lavoro, ma comunque avrebbe data una risposta entro un paio di giorni.

" Beh, ragazzi è stato un piacerone conoscervi. Cercate di organizzarvi per sabato, allora. Vittorio, tu la conosci la strada per tornare a Roma, no?" chiese Claudio fingendo di ignorare che Vittorio a Roma ci viveva.

"Tranquillo, la conosco" rispose l'interpellato."Vivo a Roma da secoli." Poi si rivolse a Franco: " Franco tu vieni con noi, vero?" "No, grazie." fu la risposta." Mi fermo a dormire qui da Claudio".

"Beh, allora ci vediamo sabato prossimo." concluse Claudio. " Di nuovo grazie ancora e ciao a tutti."

Il silenzio che li accompagnò fino a casa poteva essere tagliato a fette come un roast beef, tanto era pesante. Era quasi una gara a chi avrebbe parlato per primo.

Fu Franco a cedere:" Perché li hai invitati?" chiese di colpo.

" Che razza di domande fai? Pensavo che ti avrebbe fatto piacere passare ancora del tempo con tuo nipote. E' molto simpatico, lo dico sul serio. Quell'altro, come si chiama? Ah, sì: Vittorio. Un po' scialbino, non trovi? Si può dire che non abbia aperto bocca per tutta la sera."

" Diciamo pure " sentenziò Franco " che sia tu che mio nipote non avete lasciato la possibilità di aprire bocca né a lui né a me. Anche se devo dire onestamente," aggiunse in tono più amichevole, "che avete reso la serata allegra, piacevole."

" Ed è per questo che non vedo perché non debba ripetersi ancora; sono due persone a modo e d'altra parte non è che noi due vediamo molta gente, non ti pare? Giuro che questa volta farò in modo che siate voi due, voglio dire tu e Vittorio, a parlare. Chissà quante cose avrete da dire."

Si guardarono: Franco preoccupato, Claudio con ironia. AVEVA CAPITO TUTTO, pensò Franco. Non riusciva a capire come, ma era evidente che aveva intuito tutto: l'incontro di sabato serviva a fargli capire ulteriormente quanto Vittorio fosse ancora importante per lui. Claudio, da parte sua, pensava che, pur sapendo che Franco gli era fedele, tuttavia, rifletteva, se Vittorio era ancora nella sua mente, allora avrebbe compreso che tutto il loro rapporto era destinato a fallire.

Franco era sconvolto. Sconvolto dal pensiero che Claudio potesse sospettare, sia pure immotivatamente, che era stato tutto organizzato di proposito e, nello stesso tempo, dal dispiacere che stava infliggendogli, anche se conosceva molto bene la forte tempra dell'amico e la sua capacità di tenere ben nascosti i suoi sentimenti.

Quando furono a letto non ebbe il coraggio di avvicinarsi a lui come era abituato a fare. Per un po', dopo essersi scambiati il solito bacio della buona notte, se ne stettero immobili l'uno accanto all'altro, svegli entrambi con gli occhi rivolti verso il soffitto. Fu Franco che, discretamente, quasi con cautela, si avvicinò per primo a Claudio, gli circondò il torace con il braccio e, posandogli un bacio sull'omero gli sussurrò, quasi implorò: "Ti voglio bene, Claudio. Credimi, ti voglio bene."

Dopo avere riaccompagnato Peter a casa, Vittorio passò parte della serata a pensare alla cena e all'incontro con Claudio. Gli era sembrata una persona simpatica e intelligente, tanto da instillargli il sospetto che avesse intuito quello che c'era stato fra lui e Franco e a quanto ancora stava trascinandosi fra loro due. Quel 'poi mi direte come vi siete conosciuti …' era ricco di sottintesi. Era sicuro che né Franco né Peter fossero responsabili di quell'incontro. Li conosceva entrambi e conosceva la loro rettitudine. Il caso, a volte, gioca degli strani scherzi.
Piuttosto non sapeva come comportarsi a proposito dell'invito a cena per il sabato prossimo. Si sentiva contemporaneamente imbarazzato ed incuriosito. Incuriosito soprattutto nei riguardi di Franco. Si ripeteva che non gliene importava più niente, però era rimasto stupito nel vedere quale sorprendente recupero aveva avuto dall'ultima volta che si erano visti. Il volto, leggermente più pieno, aveva un'espressione più distesa e, malgrado durante la cena fosse intervenuto poche volte nel duetto formato da Peter e da Claudio, tuttavia era evidente che seguiva con attenzione e con partecipazione tutto quello che Claudio diceva. Sembrava un'altra persona. Non aveva niente a che vedere con il Franco che aveva conosciuto: emotivamente fragile, insicuro.
Entrambi, quasi di comune accordo, avevano deciso di interrompere il loro rapporto fatto esclusivamente di scambio di sms e di telefonate. Evidentemente il prolungato silenzio gli

aveva fatto bene. Ne fu contento per lui e, soprattutto, per sé.

Gli avrebbe telefonato e si sarebbe consigliato con lui circa l'opportunità se accettare o no l'invito.

Peter, giunto a casa, si rese subito conto, ripensando alla serata appena trascorsa, di avere fatta una delle sue storiche gaffes, causate dalla sua endemica distrazione. Nell'osservare il comportamento dello zio nei confronti di Vittorio e la conseguente reazione di quest'ultimo, si ricordò che i due dovevano essersi conosciuti proprio grazie a lui, cioè quando aveva comunicato ad entrambi le reciproche e-mail. Dall'imbarazzo di entrambi comprese che doveva esserci stato fra di loro qualche cosa di più che una semplice conoscenza. Ricordò che subito dopo il suo arrivo a Roma, prima ancora di telefonare allo zio, aveva chiamato Vittorio per incontrarsi in qualche ristorante. Subito dopo chiamò Franco per comunicargli il suo arrivo e quando questi gli chiese quando si sarebbero incontrati, gli venne spontaneo invitare anche lui, senza che gli venisse in mente di dirgli che alla cena ci sarebbe stato anche Vittorio. Fu un gesto spontaneo, dettato dal piacere di passare la serata con lui. Ora soltanto si rendeva conto che con quel gesto aveva creato non poco disagio fra Vittorio, Franco ed anche Claudio, disagio che soltanto le buone maniere ed il self-control dei diretti interessati avevano saputo superare.

Un paio di giorni dopo la cena al ristorante Vittorio chiamò Franco per esprimergli l'imbarazzo che aveva provato quella sera.

" Non hai idea di che cosa mi sono sentito dentro, quando ti ho visto avvicinarti al nostro tavolo con Claudio. Per un istante ho pensato che avessi combinato tutto tu d'accordo con Peter."

"Beh adesso ti stai attribuendo un'importanza eccessiva, non credi? Stai tranquillo che il mio imbarazzo nel vederti seduto al tavolo non è stato inferiore al tuo, ma non ho pensato neppure per un attimo che fosse una mossa architettata da Peter. Non è una persona maligna, né tantomeno meschina. E inoltre perché avrebbe dovuto fare una cosa del genere? Io non gli ho raccontato niente di noi due, non solo, ma non gli ho neanche detto che ci eravamo conosciuti all'epoca dello scambio delle e-mail, anche se probabilmente lo suppone, per cui, se è questo quello che ti preoccupa, rasserenati pure. Di sicuro ha agito in buona fede. La prontezza con la quale è intervenuto con Claudio sul come ci eravamo conosciuti dimostra che aveva capito che c'era un qualche cosa che, se fosse venuta allo scoperto, avrebbe potuto trasformare la serata in una situazione di merda, se mi concedi il termine."

" Concesso. E' vero, penso di conoscerlo bene, e non lo ritengo tipo da creare certe situazioni imbarazzanti.

" Aspettiamo gli eventi. Ho il vago sospetto che la cosa non finirà nel nulla. Ma il motivo per cui ti ho telefonato è un altro, cioè la cena di sabato prossimo. Non so proprio come comportarmi. E' evidente che Claudio sospetta qualche cosa e non vorrei aggravare la situazione con la mia presenza."

" Ho avuto anch'io la stessa impressione. Anzi, ne sono certo. Stando così le cose, credo che è proprio non partecipando che daresti corpo ai suoi sospetti su noi due. Non so che cosa suggerirti. Decidi tu."

Per tranquillizzarlo gli comunicò che ci sarebbero state altre persone, due coppie etero, che sicuramente con la loro presenza avrebbero contribuito a diluire qualsiasi forma di imbarazzo da parte di entrambi, intavolando argomenti che, con la varietà e vivacità con le quali sarebbero stati trattati, avrebbero certamente accantonati quelli che rappresentavano l' oggetto dei loro timori. Si salutarono con l'accordo che si sarebbero visti il sabato alla cena.

Capitolo VIII

Avrebbero dovuto essere in otto e invece si ritrovarono in dodici, perché le coppie, da due, diventarono quattro. La casa era animatissima e la cucina soprattutto era un via vai ininterrotto di gente: chi cercava i piatti di plastica, chi i tovaglioli di carta, chi invece apriva il frigorifero con la speranza di trovare della birra: " Ehi, ma in questa casa non c'è assolutamente niente, neanche una lattina di birra." Era un collega di Claudio che si stava lamentando.

" La birra sta nello scantinato. Dal momento che vai giù portane su una cassa." rispose Claudio, mentre sfaccendava intorno ai fornelli. La musica di sottofondo era totalmente coperta dalle voci degli invitati, alcuni dei quali, a volte, sentivano il bisogno di parlarsi da un angolo all'altro della stanza.

La casa era articolata su due piani oltre al pianterreno. Si entrava direttamente in un salottino che tre gradini separavano dalla sala da pranzo sulla quale si apriva la cucina che costituiva l'ambiente più ampio dell' abitazione. Di fianco all'entrata c'era un guardaroba e un bagnetto per gli ospiti. Dalla sala da pranzo dieci gradini portavano su un ampio pianerottolo arredato con una libreria, uno scrittoio con relativa poltroncina ed un divano che, all'occorrenza, si trasformava in uno scomodo letto.

Si salivano pochi altri gradini e si arrivava in un corridoio, fiancheggiato da armadi a muro, che conduceva a due piccole camere da letto, ciascuna con un altrettanto piccolo bagno.

Una rampa di quindici gradini formata da alzate ciascuna di 20 centimetri - superate le quali le gambe erano pressoché bloccate dall'azione dell'acido lattico - portava ad un ambiente mansardato, senza porta, che fungeva da occasionale camera per gli ospiti o camera da lavoro o magazzino, a seconda delle necessità del momento, dotato di una piccola lavanderia con annesso un piccolo bagno. Una finestra si apriva su un ampio terrazzo dal quale si poteva godere la vista di tutta la valle.

La serata procedeva nella totale, chiassosa allegria e gli ospiti salivano e scendevano da un piano all'altro forti della familiarità che avevano con il padrone di casa.
Claudio era cordialissimo con tutti e quando arrivarono Peter e Vittorio li accolse con particolare calore e poi li affidò a Franco "perché io ho da fare in cucina, io!" aggiungendo con aria di finto rimprovero. A Franco sembrava che somigliasse sempre di più a Paolo. Forse il fatto che avevano lavorato spesso insieme nello stesso ambiente, li aveva accomunati in certi modi di dire, di esprimersi con una certa gestualità.
Peter aveva agganciato una delle quattro coppie e le stava rimbambendo di chiacchiere, mentre i due, con la bocca semi aperta nel vano tentativo di intervenire e con il bicchiere di prosecco che si stava scaldando nelle loro mani, ascoltavano, muti, non si sa se perché estremamente educati o perché storditi da quel fiume in piena di parole. Da quel poco che giungeva alle sue orecchie, Franco riuscì a capire che stava parlando di meritocrazia, argomento che stava particolarmente a cuore a suo nipote.
Quello che probabilmente si sentiva maggiormente a disagio era proprio Franco che ogni tanto si affacciava in cucina e chiedeva: " Occorre niente?" e la risposta invariabile e allegra era: " No. Semmai ti chiamo. Va' a fa' danno da qualche altra parte, va'." Sembrava proprio Paolo e in quei momenti una tristezza incontrollabile, dovuta anche allo stato di tensione che stava vivendo, lo assaliva e, quando questo accadeva, andava a sfogarsi in uno dei bagni al piano di sopra, dove si spruzzava abbondantemente di acqua il viso per nascondere le tracce della

propria emozione.

Ogni tanto si imbatteva in Vittorio che vagava un po' spaesato fra gli invitati. Allora abbozzavano entrambi un sorrisetto di circostanza e proseguivano i loro giri senza meta e con un bicchiere di vino in mano, evitando di stare insieme.

Qualcuno di un gruppo chiese a Vittorio a quale compagnia aerea appartenesse. Quando questi rispose che il suo lavoro era di tutt'altro genere, si sentì dire: " Ah, ma allora sei un infiltrato, proprio come l'amico del padrone di casa. Che facciamo? Li cacciamo?" si domandarono scherzosi gli uni con gli altri.

In quel momento dalla cucina si udì una specie di squillo di tromba: TATATATA'. Claudio si presentò tenendo sul capo, come usavano una volta le lavandaie, una cesta dentro la quale, invece dei panni da lavare, un pentolone enorme, forse rubato in una caserma, sprigionava il classico profumo degli spaghetti alla puttanesca. Venne appoggiato sul tavolo da pranzo e nel giro di pochi istanti venne svuotato. Con le portate successive il clima si calmò, un po' perché le bocche erano costantemente piene e un po' perché i processi digestivi aiutati dal vino cominciavano a fare il loro effetto. Quando le portate furono esaurite, Claudio si avviò in cucina, dove cominciò a sistemare lavando pentole, tegami, piatti e pulendo lavandino e cucina a gas.

Generalmente era, quello, un lavoro di cui si occupava Franco, ma quella sera Claudio preferì fare tutto da solo. Aveva bisogno di pensare, di riordinare le idee e per fare tutto questo aveva bisogno di starsene un po' appartato per provare a fare luce in quella situazione che sembrava si stesse avviando verso un fallimento totale.

Aveva riconosciuto Vittorio, la sera della cena, prima ancora che gli venisse presentato, probabilmente perchè aveva notato lo stupore mostrato da Franco nel vederlo seduto al loro tavolo, stupore che poteva essere motivato solo dal fatto che si erano già conosciuti.

Da quel momento aveva cominciato a controllare – senza darlo a vedere – il loro comportamento e gli sembrò indicativo il fatto che il loro imbarazzo li aveva quasi ammutoliti. Per evitare che ciò diventasse troppo evidente si era di proposito lanciato in una esuberanza logorroica favorita efficacemente dalla loquacità di Peter.

Poi la sera, a letto, Franco, con quel *Ti voglio bene, Claudio, credimi. Ti voglio bene* aveva confermato tutti i suoi dubbi. Voleva salvare la loro relazione ma, nello stesso tempo, era perfettamente consapevole dell'impossibilità di un *lieto fine*.

Voleva soprattutto salvare se stesso, uscirne bene, non da sconfitto. Doveva soffocare i suoi sentimenti e sfoderare il suo orgoglio, la sua dignità. Doveva fare in modo che quella che poteva sembrare una sconfitta si risolvesse in una sua vittoria.

E ci sarebbe riuscito. Sì. Ci sarebbe riuscito, a patto di soffocare il dolore, di mettere da parte i sentimenti e, con i sentimenti, Franco.

Scacciava dalla cucina chiunque si offrisse di aiutarlo, anche Franco. " Ho quasi finito. Tu vai di là con gli altri. Vi raggiungo fra un po'."

Franco raggiunse Vittorio che, seduto su un divano, sfogliava distrattamente una rivista, mentre Peter stava conversando, come sempre animatamente, con le donne delle quattro coppie, mentre i relativi mariti discutevano fra di loro sui problemi interni alla compagnia di cui facevano parte.

Finalmente Claudio uscì dalla cucina asciugandosi le mani nel grembiale che indossava ancora e sprofondò nel divano fra Vittorio e Franco stringendoseli a sé come una chioccia.

"Finalmente. Meno male che ho finito. Sta riuscendo bene, vero?" Si riferiva alla festa. Poi, senza aspettare la conferma di nessuno dei due, si rivolse a Vittorio.

"Vittorio, hai visto il terrazzo di sopra?"

"No, veramente no. Non sapevo neppure che ce ne fosse uno."

"Ma Franco, che padrone di casa sei?" Come tante altre, anche quell'espressione   gli ricordò Paolo: anche lui ci teneva a presentare la sua casa come la *loro* casa.

" Vieni Vittorio, te lo faccio vedere io. Seguimi. " E nel dire così Claudio si alzò dal divano, slacciandosi il grembiale e appoggiandolo sullo schienale di una poltrona.

Franco si sentì svenire. Ecco che sarebbe successo il patatrac tanto temuto. Fece l'atto di seguirli, ma Claudio lo fermò.

" No, no. Tu resta qui con gli ospiti. Inventati qualche cosa da fare. Vittorio lo voglio tutto per me." E si avviarono su per le scale.

" E' veramente splendido, credimi. Veramente splendido." osservò sinceramente Vittorio non appena uscì sul terrazzo. " Chi vive qui non ha bisogno di andare in vacanza" aggiunse guardandosi intorno.

Le colline e i campi sfumavano verso l'orizzonte come in un quadro del Rinascimento e come in un quadro del Rinascimento il cielo aveva una sfumatura verde chiarissima che toglieva quella sensazione di opacità che generalmente hanno, nei dipinti, i cieli troppo azzurri e che sicuramente era originata dal sole che, oramai nascosto dalle colline, lasciava ancora visibile l'ultima sfumatura dorata.

" Sì, è vero . Non lascerei questa casa per nessun attico di Piazza di Spagna." replicò Claudio.

Seguirono alcuni istanti fatti di un pesante silenzio che venne spezzato da Claudio.

" Da quanto tempo conosci Franco?" La domanda improvvisa raggiunse Vittorio quasi come una pallonata che lo lasciò per un istante senza parole.

" Te lo ha già detto Peter. L'ho conosciuto quando gli ho dovuto consegnare un pacchetto con alcuni dvd da parte del nipote."

" Sì, questo è quello che ha detto Peter. Imposterò meglio la domanda: da quanto tempo tu e Franco vi frequentate?"

Vittorio non fu capace di portare avanti il carico pesante di quella storia, per cui cominciò il racconto dall'inizio senza omettere nessun particolare, compreso l'episodio della stazione e lo stato emotivo mostrato da Franco in quell'occasione e che era stato la causa del loro progressivo allontanamento.

Sì, pensò Claudio. Tutto coincideva con quanto Franco gli aveva raccontato prima che iniziassero la loro relazione.

"Sì, conosco la storia: Franco mi ha raccontato tutto quello che c'è stato fra voi, senza omettere nulla. Ti confesso che la sera che ci siamo incontrati al ristorante, prima ancora che ci presentassero, ho cominciato a sospettare che la persona di cui mi aveva parlato Franco e che per me non aveva un volto fossi tu. Non chiedermi perché. Non saprei dirtelo. Forse c'è stato qualcosa nell'espressione che Franco ha avuto nel vederti che ha acceso la lampadina. Non lo so. La conferma l'ho avuta dopo, sia durante la cena che, successivamente, in macchina e poi a casa, notando il suo imbarazzo e i suoi tentativi di nasconderlo.

"Comunque quello che mi riesce più difficile capire è che tu sei stato nobile abbastanza da scrivergli degli sms nei quali asserivi che non volevi fargli del male, che non volevi riaprire ferite non ancora rimarginate e via di seguito, però in quel momento, proprio in quello, lo hai abbandonato a se stesso. Bah!" esclamò perplesso.

Poi proseguì:

" Io non lo vedevo più o meno da Pasqua e ci siamo risentiti abbastanza di recente.

"Siamo stati insieme e siamo stati bene. Non so se sia stata la mia vicinanza ad avere avuto un effetto terapeutico, ma è un fatto che da allora è diventato meno malinconico, più sereno.

"Forse ho imbroccato la strada giusta. Tu che idee hai?"disse rivolgendosi a Vittorio.

" E' una domanda alla quale non mi è difficile rispondere," rispose quest'ultimo "perché Franco non è all'apice dei miei pensieri. E' indubbiamente una bella persona, ma è assolutamente da escludere che ne sia innamorato. Non so che cosa ti abbia raccontato di me, oltre al fatto di esserci frequentati pochissimo, però forse conosci la mia situazione. Anche supponendo, cosa del tutto improbabile, che ci si metta insieme, non faremmo in tempo a costruirci una nostra vita che quasi subito potrei essere sbattuto in qualsiasi parte del globo per seguire, che so, l'avvio di qualche nuova filiale della ditta presso la quale lavoro. Onestamente, non voglio vincoli sentimentali a queste condizioni. Procurerebbero soltanto dolori a me e soprattutto a lui. Te l'ho già detto: Franco mi piace come persona, è dolce, simpatico, ma non provo per lui un affetto tale da basare i miei progetti su di lui, così come, egoisticamente, vorrei che neanche lui provasse un grande affetto per me."

" Beh, è una risposta sicuramente crudele, ma onesta." osservò Claudio. "Io sono convinto che neanche Franco è innamorato di te. Penso che la sua sia la classica infatuazione, nata dopo più di due anni vissuti senza un riferimento affettivo, senza un rapporto. Tu sei saltato fuori in un momento estremamente delicato per lui e può darsi che si sia convinto di provare sentimenti profondi nei tuoi riguardi. Noi due agiamo su fronti opposti ed entrambi potremmo fargli del male: tu illudendolo tuo malgrado ed io proseguendo in un rapporto che forse lui porta avanti con fatica. Non so." Claudio stette un attimo pensieroso, poi riprese: "Vedi, se io avessi la certezza che tu sei innamorato di lui, mi farei da parte; soffrendo, ma lo farei. Ma tu non lo sei, come hai ammesso onestamente, forse ti piace soltanto e questo rende molto fragile la situazione. Lo capisci, vero?"

" Forse dovrei uscire di scena definitivamente." osservò

Vittorio.

" Vorrei che fosse così facile, ma non lo è." riprese Claudio. "E non so neppure se dipenda solo da te la soluzione. Se anche tu sparissi dalla circolazione, sospetto che continuerebbe a cercarti o semplicemente a pensarti e, se permetti, sarebbe un colpo piuttosto duro anche per me, non credi? Non c'è dubbio che è una situazione tutt'altro che semplice da risolvere e onestamente non so come ne potremo uscire, tutti e tre."

" Comunque devo essere sincero con te, Claudio" confessò Vittorio. "Durante i periodi di silenzio che io mi ero imposto di osservare, Franco non mi ha mai cercato. Sono sempre stato io, semmai, quello che ha rotto il ghiaccio, probabilmente più per rispetto verso la sua età che per autentico, profondo affetto."

Claudio se ne stette un istante muto, poi disse:

" Tu non hai idea di quanto questa tua affermazione ti nobiliti ai miei occhi. Grazie Vittorio."

Peter e il suo amico furono gli ultimi a lasciare la festa. Quando si salutarono Franco fu stupito nel vedere che Claudio, oltre che abbracciare suo nipote, abbracciò anche Vittorio.

Quando rimasero loro due soli, Franco e Claudio sprofondarono nel divano distrutti. Se ne stettero per un po' in silenzio poi si guardarono a lungo negli occhi.

Franco stava fremendo dalla curiosità e, fingendo un disinteresse che era ben lontano dal provare, domandò a Claudio: "Come mai quell'escursione in terrazza con Vittorio? Non dirmi che era soltanto per fargli vedere il panorama."

" Solo in parte. Difatti l'ho portato su per fargli ammirare il panorama, certo, ma anche per parlargli."

" Parlargli di che?"

" Dio mio, Franco, non fare finta di niente. Ti sottovaluteresti soltanto. Gli ho parlato di te, di lui, di voi due, di noi tre. E prima di farlo con te ho voluto parlare con lui per cercare di capire che tipo era."

" E allora? Che tipo sarebbe?" chiese Franco con una punta di sarcasmo con il quale cercò di mascherare i suoi timori.

" E allora niente. Mi è sembrata una bella persona con problemi di notevole entità. "Primo fra tutti il lavoro che di per sé non sarebbe un problema se non comportasse spostamenti importanti. Sto parlando di problemi sentimentali, naturalmente.

"Questo è il primo dei problemi. Poi c'è il secondo che deriva direttamente dal primo. Cioè gli è difficile pensare di mettersi stabilmente con qualcuno, perché i casi sarebbero due: o dovrebbe trascinarselo dietro da tutte le parti, ammesso che gli fosse possibile farlo, o dovrebbe lasciarlo a Roma. E' evidente che non gli va nessuna delle due idee.

"Il terzo problema sei tu. Franco, so di andare contro tutti i miei interessi, ma tu hai spaventato quel ragazzo. Ma come! Sai che fa una vita faticosa, incontra una persona che a quanto pare risponde ai suoi gusti e questa persona cosa fa? Gli scarica addosso problemi e paure, l'età, gli imprevisti e via discorrendo. Ora non sa cosa fare, come comportarsi con te. Chiariamo subito che non è innamorato di te; quando uno è innamorato lo dice senza esitazioni, e lui, senza esitazioni, ha dichiarato di non esserlo. Però ti è affezionato e ti rispetta ed ha paura di farti del male. A questo punto, permettimi di dirlo, io che ci sto a fare? Devo aspettare che abbiate prese le vostre decisioni? Non mi è mai piaciuto aspettare, specialmente le decisioni altrui. Una cosa è certa: tu non sei innamorato di me. Mi vuoi bene, ne sono certo, ma i tuoi pensieri sono sempre altrove. Perciò penso che la cosa migliore sia che vi mettiate d'accordo fra voi due e che risolviate i vostri problemi da soli, indipendentemente dal fatto che vi mettiate insieme, cosa comunque del tutto improbabile, da come la vede Vittorio.

"Io rappresento una figura scomoda per entrambi e inoltre sono certo che se mi intromettessi fra voi due cercando una soluzione che andasse bene a noi tre, cioè proponendo un *ménage a trois*, perderei la stima di me stesso e questo non accadrà mai. Per amore di nessuno!" Quest'ultima frase la disse con deliberata veemenza.

Franco rimase ammutolito da tanta lucidità. Non c'era una sola parola di Claudio che non rispondesse a verità. Che cosa poteva rispondere? Che forse le cose si sarebbero risolte con il tempo? Quanto tempo? Che lui gli voleva veramente bene, che stava bene con lui e così via? Claudio non era certo la persona alla quale poter rifilare certe banalità, né se le meritava.

E' vero, con il trascorrere del tempo e con l'aiuto di Claudio, si era accorto di non essere innamorato di Vittorio. Gli venne spontaneo pensare a Paolo ed all' intensità dei sentimenti che aveva guidato la loro vita, malgrado i momenti di crisi, e si rese conto che non aveva niente a che vedere con quello che provava per Vittorio. Gli piaceva, questo era innegabile, ma che cosa sapeva di lui?

Quali esperienze comuni li legava? Quali gusti? Gli piaceva il cinema? Il teatro? Gli piaceva leggere? Non ci si può dichiarare innamorati di una persona di cui non si conoscono le cose più elementari.

Però l'idea di troncare definitivamente con lui lo turbava. Quella situazione fatta di incertezze ed esitazioni aveva creato una specie di morboso equilibrio al quale Franco forse si era abituato, ma lo turbava ancora di più l'idea di troncare con Claudio, di perdere quel senso di stabilità, di sicurezza che trovava nella sua persona.

"Hai ragione" gli rispose. " E' una cosa che devo risolvere direttamente con lui. Ma tu? Che cosa intendi fare?"

" Lascia perdere il sottoscritto, che ha sempre saputo cavarsela da solo. Vedrai che se le cose si metteranno bene fra Vittorio e te, farò prestissimo a sparire dai tuoi pensieri."

" Sei ingiusto." esclamò Franco addolorato. Poi, dopo un

istante: "Pensi che anche io sparirei con altrettanta rapidità dai tuoi?"

" Beh, questa è proprio vanità, non trovi? Non lo so, come faccio a rispondere alla tua domanda? Non lo so. Onestamente, spero di sì."

Quanta giustificata freddezza. Nel giro di pochi minuti Claudio aveva saputo erigere un muro che nessuno avrebbe mai potuto valicare né distruggere.

Franco non sapeva descrivere lo stato d'animo in cui si trovava. Era perfettamente consapevole di che cosa stava perdendo senza sapere che cosa avrebbe trovato in cambio.

Claudio lo accompagnò a Roma il giorno seguente.

Quando arrivarono a destinazione, Franco indugiò un po' prima di scendere.

Guardava fisso davanti a sé senza vedere nulla. Tutto a un tratto capì che ciò che aveva amato maggiormente in Claudio erano i lati del suo carattere che più lo avvicinavano a Paolo. Ora ebbe la dolorosa impressione di avere perduto Paolo per la seconda volta.

Volse il capo verso l'amico e vide che anche lui stava con lo sguardo fisso nel nulla. Era, il loro, un silenzio gonfio di dolore. Poi Claudio sembrò scuotersi. Ricambiò lo sguardo con una dolcezza come mai Franco aveva notato in lui, dolcezza che gli frantumò il cuore.

Si accorse che i suoi occhi luccicavano quando disse: " Beh, sarà bene che tu scenda. Non possiamo restare qui fino a domani."

Franco fece l'atto di avvicinarsi a lui per baciarlo, ma Claudio fu rapido nel prendergli la mano e stringergliela in un saluto definitivo. " Buona fortuna. Di cuore."

Franco scese dalla vettura con il petto che gli scoppiava. Riuscì a mormorare:

" Grazie. Grazie per ..." Non riuscì a completare la frase. Si allontanò rapidamente ed evitò di voltarsi quando sentì l'auto di Claudio partire.

In quel momento si rese conto che non aveva voglia di fare niente, neppure di telefonare a Vittorio né per metterlo al corrente di quanto accaduto né per chiedergli di incontrarsi e parlare, tanto grande era il vuoto che aveva dentro.

Era sempre stato convinto che è parlando che si risolvono i problemi, ma ora non ne era più certo. Forse perché non c'erano problemi da risolvere. O forse perché si sentiva svuotato.

Anche se, sfidando ogni previsione, le cose fossero andate bene con Vittorio, Franco non avrebbe dimenticato facilmente il periodo passato con Claudio, contrariamente a quanto questi aveva sostenuto. Non sarebbe stato facile liberarsi di quel peso fatto di rimorsi, di senso di ingratitudine nei riguardi di un uomo che gli aveva fatto solo del bene.

Gli sembrò di sentire la fastidiosa vocina del Buon Senso che gli parlava, ma anch'essa sembrava stanca, sfiduciata.

Che cosa ti avevo detto? Avevo ragione o no a dirti di coltivare l'amicizia con Claudio? Ora che cosa ti aspetti che ti dica? Di coltivare quella con Vittorio? Mi dispiace, ma io sto con Claudio. Mi metto da parte. Cavatevela fra voi due, anche se sono certo che Vittorio saprà gestire la sua vita molto meglio di quanto non saprai fare tu con la tua. Tu sei un immaturo nato. Sei totalmente incapace di valutare le situazioni in cui ti trovi e di conseguenza di scegliere. Tutto sommato il tuo è il modo peggiore di vivere.

Capitolo IX

Si affrettò a chiamare Ginny. E' vero che a volte mal tollerava quel suo atteggiarsi a maestra di vita; tuttavia capiva che era un'amica impagabile. E' incredibile, pensò, come le donne sappiano valutare lucidamente le situazioni dei loro amici uomini e come possano rappresentare un rifugio insostituibile quando questi si trovano nei guai, come era appunto il caso di Franco in quel momento.

" Scusa, sai" esordì Ginny." Ma che cosa pretendi che ti dica ora che ti trovi in mezzo a tutte queste macerie? Il rapporto con Vittorio lo hai compromesso sin dall'inizio e questo lo sai bene. Hai definitivamente distrutto tutto quello che avevi costruito con Claudio e sai anche questo. Ora che cosa ti aspetti? Tu seguiti a pensare a Vittorio, lo so. E ci pensi non perché stai morendo d'amore per lui, ma perché è da quando lo hai conosciuto che non hai cessato un solo momento di immaginartelo in un determinato modo e non occorre che ti dica quale, se permetti.

"E' una forma di ostinazione che ti accompagna dal momento in cui avete smesso di frequentarvi. E' un'ostinazione nella quale i sentimenti non hanno nessun ruolo, anche se tu ti ostini a crederlo, generata dalla consapevolezza di non avere raggiunto i tuoi fini e, conseguentemente, dal tuo orgoglio, dalla tua vanità, chiamala come ti pare, ferita.

"Pensavi di tenerlo legato a te sfoderando una lealtà alla quale, ora che è passato del tempo, forse inconsapevolmente, non credevi neppure tu, perché il tuo unico fine era quello di conquistarlo.

"Hai fatto malissimo a parlargli dei pericoli cui sareste andati incontro, quando non sapevi neppure se vi sareste messi insieme, ma faresti bene a pensarci adesso, da solo, come ad una lezione di vita."

" Già. Vedrò di stare più attento la prossima volta." rispose ironicamente Franco.

" Tu ironizzi, ma non credo che ne saresti capace. Seguiteresti a compiere gli stessi errori, pari pari. Intanto comincia con un mea culpa. La realtà è quella che è, piacevole o sgradevole che sia. Comunque, dal momento che non riesci a togliertelo dalla mente, gli telefonerei per dirgli del colloquio che hai avuto con Claudio la sera della cena e di ciò che ne è seguito."

" Perché dovrei telefonargli. Non ne vedo il motivo. Il fatto che Claudio ed io non stiamo più insieme non significa che, automaticamente riprenda il rapporto con Vittorio."

" Beh, faglielo sapere. Non si sa mai." aggiunse sarcastica.

" Gli invierò un messaggio, dicendogli che la situazione ha avuto sviluppi non previsti, almeno non da me, e che mi piacerebbe discuterne con lui. Però non vorrei che lo interpretasse male, come uno stratagemma da parte mia usato con lo scopo di rivederlo."

" Beh, fa' come credi. Fammi sapere com'è andata. Tanto, peggio di così...." tagliò corto Ginny.

Franco cominciò a pensare: in realtà di che cosa dovevano parlare? Ora che non stava più con Claudio sia lui che Vittorio erano liberi, ma questo non significava affatto che si sarebbero messi automaticamente insieme. Anzi.

Vittorio aveva detto a chiare lettere, durante il colloquio avuto con Claudio la sera della festa, di non volere una relazione con Franco. Allora? Qual'era lo scopo di quel possibile incontro?

Forse era giusto mettere Vittorio al corrente di quanto era successo con Claudio ? Mah, forse più che giusto sarebbe corretto, ma poi? Un incontro a volte può servire a mettere ordine fra le cose, ma in quel caso non c'era nessun ordine da osservare. Sia Vittorio che lui erano liberi, senza vincoli di alcun genere, soprattutto l'uno nei riguardi dell'altro. Punto.

Era tentato di inviargli un sms in cui avrebbe comunicato che non era più necessario che si incontrassero, ma poi pensò che forse un incontro non avrebbe potuto che essere positivo.

Dubitava che fosse possibile ristabilire un legame, forse però ora si poteva salvare l'amicizia. Sì, forse questo poteva essere abbastanza convincente. Poi è chiaro che, parlando, sarebbero sicuramente riemersi vecchi problemi che sarebbe stato utile e logico risolvere o chiarire degli equivoci che si erano trascinati fino a quel momento e che avevano costituito tante concause che avevano determinato il progressivo distacco fra loro due.

Ma quanto sei ipocrita! Ma di quale amicizia parli? Come mai ora non senti più il peso del divario d'età? Vuoi che ti dica la verità? La verità è che tu stai sempre pensando, sperando , con la scusa dell'amicizia, di portartelo a letto. Questa è la verità!

Era veramente così come diceva la voce del suo Buon Senso? Dopo tutto era quanto gli aveva detto anche Ginny. Forse sì, chissà. Non aveva voglia, o meglio, la capacità, di analizzare freddamente la situazione. Era, la sua, una forma di astenia mentale che gli impediva di concentrarsi sui problemi che turbinavano nella sua mente.

Si sentiva come un'anima in pena. Non trovava risorse, rimedi per la sua ansia, per la sua agitazione. Per fortuna c'erano Massimo e Carla, due persone straordinarie. Solari. Allegre. Eleganti nel loro autentico modo di essere. Si era stabilito fra loro tre un rapporto che, malgrado la notevole differenza di età, Franco non esitava a definire di amicizia.

Per Franco era ormai diventata una simpatica - almeno per lui - abitudine quotidiana quella di scendere la rampa di scale che conduceva al loro appartamento e annunciarsi con due squilli di campanello. Molto spesso Massimo, prima di aprire, diceva ostentatamente ad alta voce: " Vuoi vedere che è quel rompiscatole che dico io. Tra un po' faremo mettere la scala interna fra il suo e il nostro appartamento." L'atmosfera era sempre cordiale, fatta di battute e sfottimenti, specialmente da parte di Massimo, il cui spirito arguto, era bilanciato dalla dolcezza di Carla.

A volte Franco si sedeva a tavola con loro ed il padrone di casa, senza neanche chiederglielo, gli poneva davanti una coppa di vino rosso, sapendo di fargli piacere, perchè per Franco il vino rosso aveva sapore di Spagna, un Paese che gli era rimasto nel cuore. Poi lo versava per sé e per Carla e, fra una battuta, uno scherzo, un ricordo, la serata trascorreva serenamente.

Passarono diversi giorni prima che Vittorio rispondesse al messaggio di Franco e, avendone probabilmente intuita la buona fede, confermò la sua presenza all'appuntamento che si sarebbe tenuto, previo accordo sulla data e sull'ora, subito dopo il suo ritorno a Roma, previsto per la fine della settimana.

Franco trascorse i giorni che lo separavano dall'incontro con Vittorio chiedendosi in quale modo questo si sarebbe svolto. Con quali parole, con quali argomenti avrebbe dovuto introdurre il discorso? Naturalmente avrebbe dovuto fare riferimento all'ultimo colloquio avuto con Claudio e alla rottura del loro rapporto che ne era seguita.

Claudio. Non poteva fare a meno di pensare a che bella persona fosse e a quanta gratitudine gli dovesse.

Capiva che, nonostante l'ostentazione di freddezza che aveva mostrato quando si erano salutati, la separazione non era stata facile neppure per lui, sebbene, a distanza di pochi giorni, Franco comprendesse che, per entrambi, quella era stata l'unica decisione possibile da prendere. Il loro rischiava di diventare un rapporto basato sull'equivoco e sull'amarezza generata dal dubbio.

Questa convinzione, in un certo modo, attenuava quella sensazione dolorosa che provava ripensando al comportamento avuto nei suoi riguardi.

Si rifiutava di chiamarlo doppio gioco, perchè aveva avuto la lealtà di confidargli tutto sin dal momento che avevano deciso di mettersi insieme. Restava comunque il rimorso. Con questo stato d'animo, neppure l'idea che avrebbe rivisto Vittorio e che finalmente avrebbe potuto parlare con lui, con tutti i possibili risvolti che la conversazione avrebbe potuto avere, lo esaltava. Si rese conto che in quel momento sentiva il bisogno di dedicarsi soltanto a se stesso e, se possibile, fare piazza pulita di tutto e di tutti dalla sua mente.

Montesilvano! Certo, c'era Montesilvano. Mancavano pochi giorni alla consegna dei mobili e là, finalmente, sarebbe stato solo.

Lui e il mare!

Difficile pensare a qualcosa di più bello!

Prese il primo pullman in partenza per Pescara e fuggì da Roma.

Ci fu una mattina, totalmente grigia, in cui Franco, durante una passeggiata sul lungomare, più che camminare si sentiva sospinto da un vento fortissimo.

L'Adriatico, tempestoso, aveva un colore che andava dal nero bluastro all'orizzonte alle varie gradazioni di verde, interrotte dal bianco della schiuma che si formava sulla cresta delle onde. Queste si gonfiavano mano a mano che si avvicinavano ai frangiflutti sui quali, con furia incontrollata, esplodevano in un bianco fragore, per poi scavalcarli e rovesciarsi verso la parte protetta della spiaggia e andare a morire sul bagnasciuga.

Quello era il mare che più amava! Quello vero! Faceva fatica a immaginare la lunga striscia di spiaggia, ora deserta, d'estate, violentata da migliaia di ombrelloni.

Aveva ancora alcuni giorni e decise di andare ad Ancona a

trovare una sua cugina e a ripercorrere quelle strade che lo avevano visto bambino e poi adolescente. Si fece a piedi la lunga *passeggiata* , un rettifilo formato da Corso Garibaldi e Viale della Vittoria- interrotto da piazza Cavour- che partiva dal piazzale antistante il Porto su, su fino al Passetto, un ampio spazio con una minuscola pineta, il tempietto circolare del monumento ai caduti, un bar e, di fronte, l'immensità del mare. Data la sua lunghezza, nessuno si rendeva conto che il percorso compiuto da Franco, di circa un paio di chilometri, era in salita, tanto che il Passetto, rispetto al Porto, era un quindici, venti metri più alto del livello del mare.

Si rendeva perfettamente conto di avere il privilegio di vivere in una città come Roma, ma ogni volta che tornava ad Ancona era come se si infilasse fra le coperte del suo letto. Era a casa sua.

Aveva in mente di fare una capatina a Jesi, dove viveva un suo compagno di università , col quale era sempre stato in ottimi rapporti e quindi a Recanati, per rivedere uno dei suoi amici più vecchi, reduce da una patologia cardiaca che sembrava avere superato brillantemente.

Si rese conto, però, che per questi due progetti non c'era abbastanza tempo: mancavano troppo pochi giorni alla consegna dei mobili e così decise di rimandare l'incontro con i suoi due amici ad un'altra occasione.

Finalmente ci fu la consegna e la sistemazione nelle relative stanze da parte degli scaricatori che pensarono anche al montaggio.

La casa si poteva dire pronta per essere abitata, anche se c'erano ancora parecchie cose da completare e suppellettili da acquistare.

Franco ritardava pigramente il suo rientro a Roma; non riusciva a staccarsi dal mare.

Si trovava, come di consueto, sulla passeggiata che costeggiava la spiaggia, quando sentì a mala pena il cellulare che squillava. Dovette rifugiarsi all'interno di un bar perché il soffiare del vento ed il fragore del mare non gli permettevano di avere una buona ricezione. Era Vittorio. Chiamava per conoscere data e luogo in cui sarebbe dovuto avvenire il loro incontro. Franco non aveva nessuna voglia di tornarsene a Roma e sembrava avere perso ogni interesse nell'incontro a cui aveva tanto pensato. Si scusò mentendo. "Devo trattenermi ancora un paio di giorni per sistemare i mobili". Poi ebbe un'idea: "Senti, ti prego di non interpretare male le mie parole, come a volte ti capita di fare. Se hai tempo e voglia, puoi venire a passare il fine settimana qui e poi torniamo a Roma insieme. A casa mia ci sono due camere: una con un letto, l'altra con un divano letto, per cui puoi sceglierti la sistemazione che preferisci."

La proposta di Franco colse Vittorio di sorpresa. Come mai non aveva accennato al compagno? Che fosse accaduto qualcosa fra loro due? Pensava che il colloquio avuto con Claudio avesse appianato tutti i problemi, che tutto si fosse messo per il meglio fra di loro ed, egoisticamente, anche per se stesso. Evidentemente doveva essere accaduta qualcosa fra i due. Sarebbe stato un peccato: formavano una bella coppia, pensò, e l'avere rivisto Franco così in forma aveva un po', ma solo un po', riacceso una certa curiosità nei suoi riguardi. Era tassativo che non voleva riaccendere in lui speranze di possibili legami di nessun genere, avendone conosciuta e temuta l'indole emotiva. Nello stesso tempo, però, nell'ultimo incontro, aveva notato il suo comportamento sciolto e naturale, che evidentemente in passato era stato soffocato dalla sua emotività. Probabilmente l'episodio della stazione, con il tempo, era stato ingigantito dal suo timore di riaccendere in Franco quell' infatuazione che aveva provato per lui e che ora, fortunatamente, sembrava totalmente scomparsa.

La risposta alla sua telefonata e il relativo invito a Montesilvano lo aveva incuriosito.

Dopo tutto, perché non accettare? Agli inizi Franco gli era piaciuto e, forse, sia pure più blandamente, seguitava a piacergli specialmente ora che lo aveva trovato più sereno ed anche leggermente ingrassato, quel tanto che piaceva a lui.

'*Ma sì, tentiamo,*' si disse.' *Male che vada sarà stata una gita al mare.*'

Inaspettatamente Franco trovò Vittorio favorevole all'idea. " Sì, forse è possibile; devo sentire in ufficio. Nel frattempo tu procurati la chiave di quella che sarà la mia camera da letto."

Franco rimase ammutolito, quasi offeso dalla richiesta e non riuscì a replicare.

"Scherzavo, scemo! Ti farò sapere al più presto."

Franco non riusciva ancora a rendersi conto di questa improvvisa disponibilità da parte di Vittorio. Da escludere un ritorno di fiamma. L'amore, ammesso che il suo fosse stato amore, non è come l'influenza: non prevede ricadute.

Forse la ragione più plausibile era che, una volta superati gli equivoci che avevano causato l'allontanamento fra loro due, valeva sempre la pena di rimettere insieme i frammenti di un'amicizia che, al suo inizio, sembrava avere avuto delle ottime possibilità di riuscita.

" Fammi sapere se vieni in pullman o in macchina."

" No, decisamente in macchina."

" Sai come arrivare fin qui, no?"

" Sì. Penso di sì. Prendo l'autostrada fino all'uscita Pescara-Rieti. Esco sulla statale, la percorro fino a Pescara e da lì mi faccio il lungomare fino a Montesilvano, no?"

" No. E' esattamente quello che non devi fare se non vuoi arrivare il giorno dopo per il traffico che troveresti."

" Allora che cosa mi consigli?"

" Superi l'uscita Pescara- Chieti e prosegui fintanto che non trovi le indicazioni per Città Sant'Angelo. Uscito dal casello, prendi a sinistra, arrivi sulla statale, prendi a destra e, dopo un po' di metri, imbocchi il sottopassaggio della ferrovia, che ti porta nella zona degli alberghi. A quel punto chiamami e io ti verrò incontro. Questione di cinque minuti."

Si dettero appuntamento davanti all'edicola di giornali sul Lungomare Aldo Moro. Arrivarono quasi contemporaneamente ma Franco, che si era messo a parlare con il giornalaio, non si accorse dell' auto che si era accostata al marciapiede e Vittorio si divertì a lasciarlo parlare ancora un po', fintanto che non fu il giornalaio stesso a dirgli che forse c'era qualcuno che lo cercava. Franco si voltò, vide Vittorio e salì subito in macchina dopo avere salutato l'edicolante.

" Devo dire che mi hai fatto veramente una bella sorpresa. Non ci contavo proprio.

" Come stai? Tutti risolti i tuoi problemi di allergia?"

" Pare di sì, stando a quello che mi ha detto l'allergologo. Comunque dovrò fare delle visite di controllo periodicamente. Tu con la gamba?"

Franco aveva accusato diverso tempo prima dei fastidi alla gamba che, a volte insostenibili, gli impedivano di camminare e sembravano ripercuotersi sulla schiena.

" Per la gamba devo fare degli esercizi posturali. Per quanto riguarda la schiena devo dire che con il fisioterapeuta mi trovo veramente bene. Mi ha messo in condizione di non provare più quel dolore che provavo ogni volta che appoggiavo il piede a terra. Ma lasciamo da parte i malanni e parliamo d'altro."

Nel frattempo erano arrivati davanti al garage di casa. Salirono e, posato il bagaglio, Franco mostrò l'appartamento a Vittorio. " Come vedi è piccolo, però per lo scopo per cui è stata acquistato va più che bene. Intanto, siccome vorrai farti sicuramente una doccia, mentre tu ti rinfreschi io vado a fare un po' di spesa per le cose immediate.

"Gli asciugamani sono sulla sedia vicino alla porta della tua camera che è quella che confina con il bagno. Bene. Torno subito. A più tardi. Ah, dimenticavo: la chiave della tua camera è già inserita nella toppa della porta." Ed uscì sorridendo.

Bravo! A volte mi sorprendi. Ottimo il tono di naturalezza con il quale gli hai fatto osservare che lui aveva la sua camera da letto. Ti confesso che avrei scommesso che gli avresti gettato le braccia al collo. Bravo!

Franco andò a fare la spesa in un piccolo supermercato che si trovava nei paraggi.

'Di sicuro la mattina farà colazione con il latte. Meglio se scremato.' Poi pensò: *'Caffè o tè?'* Li prese tutti e due.

Non si ricordò se a casa ci fosse la caffettiera fra il pentolame. Per sicurezza comprò quella da quattro. Poi fette biscottate, marmellata e, in caso di estrema golosità, miele e burro.

Quando Franco rientrò trovò Vittorio avvolto nell'asciugamano da bagno, mentre si stava asciugando i capelli con il phon.

" Ho preso un po' di roba per fare colazione domattina, anche se io preferisco farla al bar. Fanno dei cornetti eccellenti, da queste parti. Mi sembra che non manchi niente.

" Se hai terminato con il tuo restauro andrei io a fare la doccia. Una cosa che non smetterò mai di ripetere è che, in una casa, anche quando si è soltanto una coppia, due bagni dovrebbero essere obbligatori. Per legge. Muoviti pure come se fossi a casa tua. Ci vediamo tra un po'. Il ristorante è a due passi da qui. Spero che ti piacerà."

Aveva parlato con la programmata nonchalance per tenere sotto controllo un'emozione che, sebbene modesta, avrebbe potuto tradirlo.

Quando furono sul portone di casa , Franco volle fargli vedere il garage.

" Vedi com'è comodo? C'è già il bagno che, naturalmente, verrà cambiato e c'è anche la possibilità dell'allaccio per il gas, per cui potrebbe venirne fuori un mini appartamento con i fiocchi. Il bagno lo sposterei sopra il soppalco in colonna con quello attuale e quello vecchio, una volta smantellato, lo adatterei ad angolo cottura.

" La finestra a vasistas sopra la porta d'entrata fornisce luce ed aria all'ambiente. Tutto sta a vedere come la pensano in Comune. Il titolare dell'agenzia che ha venduto l'appartamento mi ha detto che un lavoro del genere è già stato fatto da un sacco di condomini senza che richiedessero l'opportuna licenza.

"Però è sempre meglio informarsi prima. Non voglio andare in cerca guai."

" Penso che abbiate fatto veramente un ottimo acquisto" osservò Vittorio. " E poi, scusa: chi ti può impedire di tenere un divano letto ed un tavolo in garage? Semmai rinunci all'allaccio del gas che penso rappresenti lo scoglio maggiore da superare e lo sostituisci con uno di quei micro-onde che hanno diverse funzioni e vi godete il locale come un mini appartamento."

Franco si rallegrò intimamente per l'interessamento mostrato da Vittorio, ma rimase impassibile, perchè non voleva farlo sentire troppo coinvolto, magari contro la propria volontà.

Percorsero a piedi il tratto del viale che conduceva verso la Statale ed entrarono nel ristorante dove Franco si fermava abitualmente.

Vennero accolti cordialmente dal proprietario panciuto che li accompagnò ad un tavolo un po' appartato e, una volta seduti, consegnò i menu.

Di lì a poco si presentò un cameriere che, fra i primi piatti elencati, suggerì spaghetti allo scoglio o mezze maniche all'astice. Franco andò deciso sulle mezze maniche che aveva già gustate e Vittorio si unì a lui nella scelta.

" Per i secondi vi consiglio di aspettare," disse il cameriere rivolgendosi a Franco, "perché lei sa bene che questo piatto fa da primo e da secondo." In effetti, come del resto quasi dovunque in Abruzzo, le porzioni erano sempre esageratamente abbondanti, ma la scelta fu talmente indovinata che preferirono entrambi rinunciare al secondo pur di assaporare fino alla fine quel piatto gustoso.

Presero un' insalata mista e stavano optando per il caffè, quando Franco lesse sulla lista dei desserts *crema catalana.*

" Mi risponda onestamente " chiese rivolgendosi al cameriere. " E' fatta da voi o è quella che si trova nei supermercati?"

" Sta scherzando?" replicò il cameriere fingendosi risentito. "Qui da noi è tutto genuino."

" Bene. Vada allora per due catalane".

Dopo un po' arrivarono le due creme avvolte nelle fiamme che mantenevano caldo lo zucchero caramellato. Veramente ottime. Dopo il caffè, venne loro offerto un digestivo della casa ed infine uscirono per una passeggiata sul lungomare.

" Nonostante la stagione, mi sembra una cittadina veramente gradevole." osservò Vittorio.

 " Sì, in effetti è così. Non ha né storia né arte , ma offre tutto ciò che occorre alla vita di oggi. Ci sono dei supermercati che fanno invidia a quelli di Roma. Peccato che ti sia perso il mercatino che si tiene la mattina del sabato nel centro della città , che sta oltre la Statale. Purtroppo lo fanno solo in quel giorno della settimana, Puoi trovarci di tutto: dal pecorino ai bulloni, ai boxer elasticizzati, ai cinturini per orologi. Di tutto. E' veramente una festa, se ti piace il genere."

Seguitarono a camminare per un po', senza parlare. Pensierosi.

" Di che cosa dovevi parlarmi?" Vittorio ruppe il silenzio che era sceso fra di loro.

" In effetti, a pensarci bene, non c'è molto da dire, ma non vorrei che tu pensassi ad uno stratagemma usato per farti venire qui.

Fino a ieri avevo pensato che, se non necessario, sarebbe stato doveroso da parte mia metterti al corrente che Claudio e io ci siamo lasciati. Dopo il colloquio avuto con te sulla terrazza di casa sua, ha ritenuto opportuno sciogliere il nostro rapporto, perché aveva capito che in qualche modo tu occupavi ancora un posto nella mia mente."

" Ed è così?"

" Beh, sì. Mi secca ammetterlo, ma è così. Probabilmente il modo in cui ci siamo allontanati, tu ed io, mi ha lasciato con un senso di insoddisfazione, di non risolto che mi sono portato dietro fino a questo momento, mentre ti parlo."

Vittorio lo ascoltava con attenzione, con interesse autentico.

"Sta' tranquillo" continuò Franco. " Non sono innamorato di te. La cotta è passata. Però ti desidero. Questo sì. Sicuramente mi porterò dietro questo desiderio per ancora molto tempo prima che sparisca, però dovevo dirtelo."

Mentre parlava si era fermato per guardare Vittorio. Questi restituì lo sguardo e, passandogli una mano sulla guancia, gli disse: "Sei sempre il solito, dolcissimo Franco."

Poi riprese a camminare seguito dall'amico, che era rimasto un istante immobile sul marciapiedi.

Quando tornarono a casa erano entrambi assonnati. Franco ancora una volta indicò a Vittorio la sua stanza e, dopo avergli augurato la buona notte con un ostentatamente ironico bacetto sulla fronte, si diresse verso la sua.

Passò gran parte della nottata sveglio, chiedendosi se doveva fare il primo passo e, nello stesso tempo, sperando di vedere comparire da un momento all'altro sulla soglia Vittorio, il quale, invece, si era addormentato non appena ebbe appoggiata la testa sul cuscino.

Il giorno seguente Franco si alzò alquanto assonnato, ma con l'amor proprio intatto.

Decisero di partire in tarda serata e, con calma, radunarono sul letto tutte quelle cose che dovevano portarsi a Roma, poche in effetti, oltre ai cambi di biancheria e ai necessaires da toilette.

Scelsero per il pranzo un altro ristorante, ma i loro umori erano visibilmente cambiati.

Si sedettero al tavolo cupi e silenziosi.

Franco guardava insistentemente Vittorio, ma senza fini reconditi. Aspettava soltanto che dicesse qualcosa, ma, visto il suo persistere nel mutismo, fu lui il primo a rompere il ghiaccio, senza fare nessun riferimento alla confessione che gli aveva fatto sul lungomare la sera prima.

" Vedi,Vittorio, non è per riprendere vecchi argomenti, ma dato che ci viene offerta quest'occasione di stare insieme voglio proprio chiarire un fatto che mi brucia ancora dentro. Quando ti inviai il messaggino prima della tua partenza, intendevo esattamente quello che sto facendo ora: parlarti guardandoti in viso. Nulla di più."

" Franco, ho avuto paura. Paura per te, paura della tua sensibilità, perché temevo che avrei potuto farti del male e, non lo nego, paura per me. Tu ti sei già fatta un'idea di com'è il mio lavoro. Può portarmi dovunque e potrei, di conseguenza, trovarmi da solo per lungo tempo e quindi nella necessità, come dire, di darmi da fare: tu sai a che cosa alludo.   Sono certo che anche tu nei miei panni faresti lo stesso.

"Oppure potrebbero esserci i necessari,   ripetuti distacchi dovuti ai diversi, periodici trasferimenti. Voglio dire che si può anche sopportare una lontananza fatta di tre, forse anche quattro mesi, ma sarebbe insostenibile una di tre, quattro anni. Almeno per me. E questo nel mio lavoro è possibile."

"Non ti sembra che, più o meno, tranne alcuni dettagli, questo sia quanto ti prospettai io stesso a proposito delle difficoltà cui saremmo andati incontro, la prima volta che te ne parlai?

"Quello che non ho mai capito da parte tua è stato l'aver tenuta quella forma di distacco progressivo fatto di silenzio. Nella tua posizione di lavoro, alla tua età, qualunque spiegazione sarebbe risultata logica: ' *Guarda, Franco che me ne andrò per tre, cinque, otto mesi. Sono molti e non me la sento di assicurarti che non mi darò da fare per cercarmi un nuovo compagno*'. Oppure: ' *Franco mi dispiace, ma c'è un'altra persona nella mia vita*'.

" Non dico che queste giustificazioni mi avrebbero fatto meno male, ma mai quanto me ne faceva il tuo silenzio, la tua evasività. Credevo di essere innamorato di te, perciò quel modo sfuggente che avevi nei miei riguardi, mi feriva ed i tuoi lunghi momenti di silenzio alimentavano quel senso di frustrazione che provavo e che pensavo fosse amore ferito. Inoltre, quello che mi sconvolgeva maggiormente era che dopo un paio di settimane di silenzio assoluto, quando oramai non ci contavo più, ecco che mi arrivava il tuo messaggino con scritto *baci* .

"Mi sentivo arrabbiato, umiliato, quasi come un mendicante alla ricerca di affetto. Ti prego, prendi questo mio come un semplice desiderio di chiarezza. Lungi da me l'idea di muovere rimproveri o covare rancori. Sapevo bene che il nostro rapporto, la nostra amicizia - usa tu il termine che preferisci - non è mai stata così, come dire, collaudata da permetterci di interferire l'uno nella vita dell'altro."

" E' vero, ma neanche tu sei stato molto splendido in fatto di messaggi."

" Guarda, carino, che sei stato tu a scaricarmi con i tuoi silenzi. Evidentemente l'episodio della stazione deve averti spaventato a tal punto da allontanarti sempre più da me, affinchè tu potessi sentirti più al sicuro da un'amicizia che evidentemente ritenevi pericolosa.

"Ma poi cerchiamo di essere onesti! Hai sempre sostenuto di provare una certa inclinazione verso le persone anziane piuttosto che verso quelle più giovani. Vuoi farmi credere che tutto quello che io ti ho detto con molta semplicità e molta onestà a te non sia mai venuto in mente quando frequentavi questi amici di una certa età?

"E' mai possibile che tu ci abbia pensato soltanto quando te ne ho parlato io o che nessuno dei tuoi amici abbia mai affrontato questo argomento con te? Il mio torto maggiore, e la conseguente emotività nata da esso, è stato quello di avere pensato sin dall'inizio e, ripeto, a torto, alla possibilità di una relazione stabile fra di noi. Ma ti prego di credermi: alla conclusione logica ci sarei arrivato da solo con il ragionamento."

Terminò il discorso avvertendo un senso di liberazione, di sollievo Non sapeva a che cosa lo avrebbe condotto, ma si accorse che non gliene importava niente. Vittorio sedeva di fronte a lui muto, impassibile. Franco lo guardò a lungo: era decisamente attraente, non c'erano dubbi, ma fu pienamente soddisfatto nel rendersi conto che, questa volta non provava nessuna emozione nel guardarlo, se non una doverosa ammirazione.

Stettero per un po' entrambi muti, poi Franco ruppe il silenzio.

" Ehi, su con la vita. Non è necessario portarci il muso. Siamo entrambi liberi e spero che possa nascere fra noi una buona amicizia che di certo, con tutto quello che ci siamo detti, non correrà il rischio di essere basata sull'equivoco. Sei d'accordo?"

" Sì, certo che sono d'accordo." Rispose Vittorio sorridendo.

Rientrarono a casa e cominciarono a darsi da fare per riempire le rispettive sacche con gli indumenti già preparati la mattina. Alcuni di essi erano nel cassettone che si trovava nella stanza dove dormiva Vittorio.

Durante uno dei percorsi che entrambi facevano fra il cassettone, dove stavano le poche cose da portare via, e il letto, dove avevano appoggiato le sacche, Franco di proposito bloccò il passaggio a Vittorio e lo fissò serio, ma sereno. Vittorio rispose allo sguardo con la stessa serenità e lasciò che Franco gli prendesse il viso fra le mani e lo baciasse. Non ci fu, da parte sua, alcuna reticenza quando Franco lo trascinò sul letto e le loro mani cominciarono a sbottonarsi le reciproche camicie. Rimasero allacciati a lungo per scambiarsi il calore emanato dai loro toraci.

Gli altri indumenti volarono subito dopo sul pavimento ed i loro corpi aderirono l'uno all'altro come una statua aderisce allo stampo dal quale ha preso forma.

Vittorio si addormentò quasi subito dopo e la sua schiena combaciava talmente con il torace di Franco che, visto in una prospettiva verticale, sarebbe potuto sembrare seduto sulle cosce dell'amico.

Franco tentò, con tutta la delicatezza possibile, di sfilare il suo braccio destro da sotto il corpo di Vittorio per andare nel bagno e farsi la doccia. Rimase all'interno della cabina immobile e pensieroso e, mentre si lasciava colare l'acqua addosso, si chiedeva che cosa mai avesse determinato nell'amico quel cambiamento di condotta. Moriva dalla curiosità di saperlo, ma, prima di domandarglielo – ammesso che glielo avrebbe mai domandato - voleva essere certo di non commettere passi falsi come quelli passati.

Ciò che era appena successo andava al di là di ogni speranza, *ma questo deve metterti in guardia, nel senso che non devi cullarti sugli allori per quanto è appena avvenuto, ma, al contrario, non devi mai perdere di vista la possibilità che tutto possa svanire in un baleno. Non devi lasciarti confondere dallo stato di grazia che stai vivendo in questo momento. Usa, per una volta, quella cosa che ti ostini a chiamare cervello. L'ultima cosa che puoi permetterti in questo momento è crearti delle false speranze e delle illusioni.*

'Ma proprio adesso che sembra che tutto stia riprendendo ... '
Proprio adesso, sì. Soprattutto adesso. Svegliati!

Non c'era possibilità di sfuggire al Buon Senso; comprese che questa volta rischiava veramente grosso, sia per quanto riguardava la sua serenità mentale, sia per quanto riguardava la sua qualità di vita in generale. Sì. Meglio usare il cervello, decise.

Quando Franco uscì dalla doccia e indossò l'accappatoio, Vittorio si stava stiracchiando fra le lenzuola. Afferrò a tradimento Franco per un braccio e lo attirò a sé. Si scambiarono un bacio, poi Franco lo fece scendere a forza dal letto e lo spinse verso il bagno, mentre Vittorio protestava passando da uno sbadiglio all'altro.
" Come si dorme bene qui a Montesilvano. Ci torniamo più spesso?"
" Per dormire? Certo. Perché no? E' proprio un'idea brillante."
Quindi aggiunse : "Direi che è quasi ora di cena. Che facciamo: mangiamo qui o lungo l'autostrada?"
" Ti sei smattito? Mangiamo qui, naturalmente. Tanto guido io, no?"
" Già è vero; lo dicevo per non farti stancare. Se tutto va bene arriveremo verso mezzanotte. Tu hai un orario elastico o devi timbrare il cartellino?"
" No, entro certi limiti sono abbastanza autonomo. Tu piuttosto hai avvertito tua sorella?"
" Sì, certo. Quando ho visto che stava facendosi tardi e con quanto gusto stavi dormendo, le ho subito telefonato per avvertirla che sarei rientrato a Roma tardi."
" No, te l'ho chiesto perché avresti potuto dormire da me, ma domani non avrei potuto accompagnarti a casa , perché a quell'ora il traffico è spaventoso. Però c'è la fermata della metropolitana a due passi."
" Grazie, ma è tutto a posto. Semmai sarà per un'altra volta. Spero."

Capitolo X

Con il rientro a Roma, Vittorio e Franco ripresero i loro consueti ritmi di vita: Franco dedicandosi essenzialmente al suo libro e Vittorio al suo lavoro, che, a volte, lo teneva impegnato fino all'ora di cena, il che impediva ad entrambi di vedersi frequentemente.

Tutto sommato sia Franco che Vittorio erano soddisfatti per come si erano messe le cose: meno smancerie, nessun campo alle illusioni, piedi in terra e maggiore attinenza alla realtà.

A differenza di quanto era avvenuto agli inizi della loro conoscenza, lo scambio degli sms era quasi del tutto cessato e quando, tempo libero permettendolo, volevano programmare qualche cosa, si accordavano per telefono.

Difatti non potevano vedersi tutti i giorni, perché il tempo che Vittorio poteva dedicare a se stesso era quasi sempre molto limitato e, quando gli era possibile, partivano il sabato mattina per qualche località non lontana da Roma per poi tornare la domenica sera.

Oppure decidevano di passare il fine settimana a casa di Vittorio, il che significava trascorrerlo quasi completamente a letto.

Ciò che impegnava maggiormente la mente di Franco era la consapevolezza dell'assoluta mancanza di argomenti che caratterizzava i loro incontri. Sì, d'accordo, parlavano di se stessi, un po' delle loro famiglie, raramente di film o di libri e poi basta. Non c'era altro. Non c'erano programmi, progetti niente di ciò che caratterizza la vita di una coppia. Ma, del resto, era proprio quello che entrambi volevano. A parte la perfetta intesa sessuale, per il resto, il vuoto totale. Non conoscevano neppure le reciproche idee politiche, non sapevano se erano credenti. Niente.

Forse dipendeva dal fatto, diceva Franco a se stesso, che la loro relazione era ancora troppo giovane e troppo frammentata come frequentazione, per pensare, quando stavano assieme, ad altro che non fosse il piacere di godere della reciproca compagnia. Sicuramente col tempo, cercava di convincersi, il loro rapporto si sarebbe consolidato ed arricchito di nuovi argomenti.

Vittorio svolgeva un lavoro di carattere dirigenziale che lo portava a viaggiare molto e a restare per alcuni giorni fuori Roma. Durante queste sue assenze erano rimasti d'accordo che si sarebbero astenuti dal comunicare fra di loro frequentemente, perché nel caso , per qualche motivo, non si fosse potuta mantenere quell'abitudine, l'altro avrebbe potuto preoccuparsi.

Franco non si chiedeva mai, come sicuramente avrebbe fatto in passato, se durante i suoi viaggi Vittorio si vedesse con qualcuno, se avesse delle relazioni in quei luoghi nei quali andava più frequentemente. O meglio, se lo chiedeva ma, anche se era fermamente convinto che l'amico non se ne stesse con le mani in mano, non si angosciava più come avrebbe fatto in passato. Forse ciò dipendeva anche dal fatto che sebbene nel loro rapporto fosse presente una certa componente affettiva, in esso mancavano tuttavia quell' autentico coinvolgimento emotivo, quegli slanci, quell'entusiasmo che caratterizzano ogni relazione, specialmente quando è agli inizi.

Franco aveva finito con l'adattarsi alla piega che aveva preso questa situazione e con l'assumere, a poco a poco, una sempre maggiore forma di apatia.

Il loro era una specie di limbo sentimentale.

Nei giorni in cui Vittorio era assente, Franco, che comunque non aveva mai persi i contatti con loro, vedeva spesso i suoi amici, alcuni dei quali erano stati messi al corrente di questa nuova impostazione che aveva dato alla sua vita. Quasi tutti si mostrarono piuttosto scettici circa il buon esito che ne sarebbe derivato, e proprio per questo motivo tutti approvarono la decisione presa da Franco e Vittorio di non fare, della loro, una convivenza stabile e di vivere in case separate.

Da quando avevano deciso di fare della loro amicizia una relazione, nessuno dei due aveva mai avuto occasione di rimproverare la benchè minima cosa all'altro, perché il loro era stato un accordo quasi spontaneo: rispetto, sincerità e nessun tipo di schiavitù, includendo in essa anche l'obbligo degli sms o delle telefonate inutili.

Il telefono lo usavano quasi esclusivamente per decidere sul come passare quello che a Vittorio restava della serata oppure se passare fuori Roma o in città il fine settimana.

Nessuno parlava mai di presentare all'altro le proprie amicizie e questo creava una specie di isolamento del quale nessuno dei due si lamentava ma che non poteva non fare nascere dei pensieri preoccupanti, almeno in Franco, il quale pensava che ci fosse da parte di entrambi una forma di sfiducia, del resto giustificata, circa il loro futuro.

Era, il loro, un rapporto che, in caso di rottura, non avrebbe lasciato strascichi di nessun tipo.

Era un modo di ragionare piuttosto scettico, disincantato, basato esclusivamente sul presente. Non c'erano programmi, non c'erano progetti. Nulla di tutto ciò.

E' tutta un'altra cosa da come vivevi con Paolo, vero? Beh, se vuoi vivere bene questo momento che TI SEI CERCATO, evita di pensare al passato e soprattutto di programmare il futuro. Lo vedi anche tu: tutto rientra in quelli che avrebbero dovuto essere i progetti iniziali: una buona amicizia con sesso e basta.

Come sempre il Buon Senso aveva ragione. In effetti se il rapporto sessuale con Vittorio soddisfaceva ampiamente entrambi, Franco pensava a come sarebbe stato un mese intero passato insieme, gomito a gomito, senza grandi argomenti su cui discutere. O forse la sua era una visione pessimistica, nata dal desiderio di non crearsi false speranze. Probabilmente gli argomenti sarebbero stati automaticamente sollecitati dai giornali, dalla televisione, dalla vita quotidiana. Chissà.

Franco non voleva che Vittorio, dopo un'intera giornata di lavoro, lo andasse a prendere per poi passare insieme la serata.
La metropolitana era un mezzo estremamente comodo ed inoltre molto vicino all' abitazione dell'amico e Franco riuscì a convincerlo affinché gli lasciasse la libertà di usarlo. Si rese conto che la ressa della gente a bordo del mezzo cominciava ad infastidirlo, anzi, ad affaticarlo indicibilmente, ma non gliene parlò mai.
Una volta uscito all'aria aperta, faceva, ad un'andatura che, quando era giovane, molti definivano da bersagliere, il tragitto che lo separava dall'abitazione di Vittorio.
Prima di salire le scale, però, si fermava alcuni istanti per calmare l'affanno che cominciava a farsi sentire sempre più frequentemente, ma al quale Franco non dava alcuna importanza.
Stiamo invecchiando, eh, vecchia calzetta?
" Sì,purtroppo. Non ci volevi tu perché me ne rendessi conto."

Quella sera Vittorio aveva deciso di dedicarsi alla cucina. Era organizzatissimo: dopo avere adoperato un tegame o un piatto pensava subito a lavarlo e a riporlo nella credenza.
Franco osservava con ammirazione l'amico mentre era all'opera.
Il tavolo era quasi diviso in settori: c'era l'angolo con l'aglio e gli odori, la ciotola con la ricotta e quella con i pomodori tagliati a dadini così precisi che Franco ebbe quasi la tentazione di controllarne le misure. C'era il tagliere con sopra le melanzane ancora da tagliare a fette e così via. Il risultato fu una pasta alla Norma, con alcune varianti introdotte da Vittorio, "buonissima",

come commentò Franco, il quale, come sua abitudine, terminato il pranzo, si mise subito a lavare i piatti e a riordinare la cucina, dopodiché, avvinghiati, senza staccare le labbra l'uno dall'altro, si diressero verso la camera da letto.

Vittorio fu particolarmente affettuoso ed esigente quella sera e Franco si compiacque con se stesso per la resistenza che dimostrava di avere, pur avvertendo a tratti quella stanchezza che da un po' di tempo si faceva sentire con una certa insistenza. Come sempre, dopo, rimasero rannicchiati l'uno nelle braccia dell'altro.

Franco guardava Vittorio, che si era addormentato, con tenerezza. Non parlavano mai di trasferimenti o di trasferte, ma Franco sapeva che doveva godersi ogni giorno trascorso con lui come se fosse stato l'ultimo di una vacanza tanto attesa.

Seguì l'impulso di posargli un bacio sulla palpebre abbassate.

Quasi immediatamente gli venne in mente che era la stessa cosa che faceva con Paolo quando era addormentato. Riandò con la mente a quanto gli piacesse guardare il suo compagno mentre dormiva: la traspirazione gli incollava i capelli scuri sulla fronte in tanti piccoli ricci simili a quelli che si riscontrano sui busti dei Cesari e le sue gote, già ambrate naturalmente, si velavano di una lieve tinta rosata che rendeva il suo volto luminoso. Il suo sonno era sempre sereno – a volte canticchiava! – ed il suo corpo conservava la stessa posizione che aveva assunta nel momento in cui si addormentava. Questo per tutta la nottata , al contrario di Franco che aveva sempre un sonno agitatissimo e irrequieto. Capitava molto spesso che quando voleva cambiare posizione e girarsi verso Paolo lo faceva con una tale violenza che, nel movimento, sollevava il braccio sinistro e lo faceva piombare di colpo sullo stomaco dell' amico il quale, semiaddormentato, borbottava: "No, tesoro. Non così. Così mi *cionchi*." Poi, sempre con gli occhi chiusi, lo avvinghiava per la vita e lo attirava a sé, spingendoglisi contro con il proprio bacino. Il caldo contatto dei loro corpi risvegliava i loro sessi che si animavano e, turgidi, premevano l'uno contro il ventre dell'altro.

A volte rimanevano abbracciati così, vinti dal sonno; altre volte, invece, indugiavano accarezzandosi lungamente fino a che i bacini di entrambi si inarcavano per l'insorgere del desiderio. Di colpo, allora, scalciavano via le lenzuola ed entrambi si giravano di fianco, l'uno di fronte all'altro, capovolti, in modo che il volto dell'uno affondasse nella calda morsa delle cosce dell'altro. Quindi, con quella vibrante partecipazione che sapevano trovare sempre nei loro rapporti, riuscivano a raggiungere l'orgasmo a volte contemporaneamente.

Restavano così, allacciati, appagati, stremati, sudati, per un po' di tempo, per poi riassumere entrambi la posizione normale. Quindi Paolo, con quella dolcezza che sapeva esprimere così bene in quei momenti, circondava con il braccio destro i fianchi dell'amico, appoggiava il capo sul suo torace ed entrambi rimanevano in quella posizione a lungo, immobili, muti. Felici di stare insieme.

Franco quasi si pentì del gesto compiuto nei riguardi di Vittorio. Ebbe l'impressione di avere compiuto un tradimento ed ebbe ancora una volta la certezza che nessuno, mai, avrebbe potuto o saputo prendere il posto di colui che gli aveva insegnato a vivere.

Uscì dalla doccia e si guardò allo specchio. Non si fece molte illusioni: era oramai entrato nella categoria dei ... aveva paura di usare la parola *vecchi* . Usò l'espressione *anziani avanzati* anche se il termine *avanzati* gli faceva venire in mente, chissà perché, la raccolta differenziata dei rifiuti.

Sì, è vero. Portava i suoi anni molto dignitosamente. Vestito faceva ancora la sua figura. Era snello, ben proporzionato, non alto ma neppure *tappo*.

Guardò con tristezza i segni inequivocabili dell'età, come le macchie che si stavano formando sulle tempie e su quella parte della fronte che normalmente sarebbe dovuta essere ancora coperta dai capelli. Generalmente le prime ad essere colpite erano le mani; invece le sue no, erano ancora *pulite* o quasi. Non gli sembrava che le gambe si fossero molto assottigliate – però quelle pieghe sulle ginocchia ieri c'erano? - ed il volto, decisamente non bello, era reso intrigante – così gli aveva detto Vittorio la prima volta che avevano cenato insieme - da due begli occhi azzurri.

Si ricordò quando, secoli prima, in un'isola del Golfo di Napoli – avrà avuto diciotto, venti anni al massimo – aveva conosciuto, in una spiaggia nei pressi della casa di una famosa eroina protagonista di un celebre romanzo francese, un pittore per il quale aveva posato di nascosto per un certo numero di sedute. Allora era ospite di alcuni amici e aveva tenuta nascosta l'amicizia che era nata fra lui e l'artista. Andava alle *sedute* di nascosto, nel primo pomeriggio, quando era certo che tutti a casa avrebbero dormito fino verso le cinque. Dopo l'incontro, prima di rientrare, andava a fare una nuotata.I capelli bagnati avrebbero giustificata l'assenza.

Nel corso di uno di questi incontri, il pittore, dicendosi colpito da quegli occhi, ma forse non solo da quelli, gli propose di andare a vivere con lui. "Non ti farò mancare niente" gli aveva detto.

Alla fine delle sedute gli regalò il bozzetto – una *sanguigna* - che gli era servito per la versione ad olio del quadro per il quale aveva posato e Franco, dopo averlo tenuto per qualche mese nascosto in fondo ad un cassetto nella sua camera di Roma, lo distrusse affinchè non gli ricordasse il *peccato* di quell'estate.

Secoli fa. Che scemo!

Si accorse che cercava mille scuse per la propria vecchiezza, ma crollavano tutte miseramente di fronte al confronto diretto con Vittorio. Lo guardò mentre si stava preparando per andare sotto la doccia e notò come la sua giovinezza fosse integra, incontaminata dai segni del tempo, malgrado avesse già iniziato il percorso della maturità. Sembrava scolpito nell'avorio, tanto il suo corpo era levigato. Guardò il suo torace abbronzato, quasi glabro, le sue cosce ben disegnate e forti e la sua virilità ancora in atto, malgrado l'amore recente.

Pensò agli istanti appena passati con lui.

Con il passare del tempo, Vittorio aveva cominciato a manifestare una dolcezza che stupiva e, nello stesso tempo, lo gratificava.

Dopo l'amore si stringeva forte a lui come un cucciolo ed ogni tanto gli posava un bacio sul collo. Franco si sentiva stupidamente inibito dalla consapevolezza del divario d'età e non riusciva, in quei momenti in cui le loro due nudità erano crudelmente a confronto, ad esternare quel desiderio di tenerezza che invece lo struggeva.

Sentì che i sensi si stavano risvegliando ancora - *Ancora? Ma sei matto? Ma se lo hai appena fatto.*- ma si era imposto di non manifestare la sua debolezza, per il timore che potesse sembrare dipendenza sentimentale. Si rifiutava di pensare a quanto sarebbe potuta durare la loro relazione. Sapeva che era destinata a finire, non fosse altro per motivi anagrafici. Era l'unico argomento convincente sul quale faceva leva per superare quel sentimento molto vicino all'angoscia che gli procurava l'idea del distacco, che , prima o poi- sapeva- sarebbe avvenuto.

Vittorio. Era contento di averlo ritrovato. Aveva la capacità – o l'abilità - di farlo sentire importante e, quando stava con lui, il tempo perdeva la sua dimensione.

Paolo era morto da più di due anni e da allora Franco non aveva più avuto un rapporto importante, se si esclude quello con

Claudio, il cui ricordo gli faceva ancora male.

Quando, subito dopo la morte del compagno, gli capitava di pensare alla possibilità di rifarsi una vita, scartava quasi con fastidio l'idea, non per un male inteso concetto di fedeltà ad un ricordo, ma per il semplice fatto che non ne sentiva la necessità.

Poi arrivò Vittorio e la sua vita cambiò.

Pensò al dolore che lo aveva spinto a pubblicare la storia dei suoi anni vissuti con Paolo. Un dolore fino ad allora intenso, costante, ancora presente sebbene nella forma di una mutilazione la cui ferita si è chiusa ma l'arto non c'è più.

E' giusto, si chiedeva, è onesto l'essersi lasciato coinvolgere da questa storia con una persona tanto più giovane?

Il pensiero di Paolo non lo lasciava, ma si accorse che non lo rattristava più come prima. Era un pensiero più sereno, più tranquillo. E' giusto, si ripeteva? E' onesto?

Daniela, una cara amica che viveva nel suo stesso condominio, gli disse che sì, era tutto giusto, tutto onesto. Che comunque andasse a finire la cosa, questa non poteva che fargli del bene.

"Non è per consolarti, te lo giuro: è la verità. Da quando vivi questa storia sei diventato più bello, più radioso." Franco l'abbracciò forte e per un istante volle credere di essere diventato veramente più bello, più radioso.

Sì, si sentiva felice; no, non felice. Sereno. Al punto che quando era vicino a Vittorio viveva l'illusione di essere veramente più giovane.

D'improvviso si trovò antiquato. Cominciò ad analizzare il suo modo di vestire.

Non voleva assolutamente far parte di quei casi patetici di persone anziane che vestono da ventenni. No, questo proprio no, però forse un taglio un po' più moderno … non lo sapeva neppure lui. Forse i pantaloni? Sì, forse i pantaloni sarebbero dovuti essere un po' più aderenti sul bacino senza però sembrare delle calzamaglie; non sapeva.

Forse doveva stare più attento ai colori delle camicie, magari scegliere dei colori che non fossero sempre i soliti. No. I colori no. Dovevano adattarsi alla sua carnagione e ai suoi occhi.

Ma che cavolo stai dicendo? Stai delirando? Franco svegliati! RA-GIO-NA! Stai perdendo la testa , te ne rendi conto? Ascolta! Ascoltami bene! Se c'è una cosa urgente da fare è che tu raccolga i tuoi pezzi, li rimetta insieme e che ritrovi il tuo equilibrio e la tua dignità, entrambi in serio pericolo. Altro che pantaloni aderenti.

Facile a dirsi. Si buttò lo scomodo rimprovero alle spalle con quel senso di fastidio che si prova quando si ha la consapevolezza di avere torto.

Terminò di vestirsi e si avvicinò a Vittorio per salutarlo. Lo baciò delicatamente, indugiando, sul collo.

" Te ne vai di già? Aspetta che mi vesto e ti accompagno."

" Domani devi alzarti presto. E' meglio che tu vada a dormire."

Vittorio gli circondò il torace con le braccia ancora umide e gli appoggiò la testa sulla spalla. Poi sollevò lo sguardo, lo baciò e gli disse: " Vattene, allora. Vattene o sarà peggio per te."

Franco scese le scale con ancora il sorriso sulle labbra. Quella che provava non poteva essere definita una vera e propria felicità. No. Era una finalmente conquistata serenità d'animo, che assaporava come un'intima vittoria.

Gli vennero in mente le ultime parole con le quali chiudeva il libro che aveva scritto sulla sua vita con Paolo e sulla morte del suo compagno, sopravvenuta dopo quasi due mesi di ospedale e dopo un intervento chirurgico al quale i medici fecero seguire un coma indotto *'per non farti soffrire..."* dicevano. *"Da quel momento cominciasti a morire. E io con te.'*

Era tutto vero. Vero quello che aveva pensato, vero quello che aveva sofferto. Vero quello che aveva scritto. E allora? Perché quella sensazione di euforia molto vicina alla felicità?

Perché sentirsi vivi non rappresenta né un insulto verso chi non lo è più, né un tradimento. Perché sentirsi vivi è ciò che la vita pretende da ognuno di noi e il ricordo di Paolo, che tu conserverai PER SEMPRE dentro di te, è parte indelebile di essa, perché è la vita stessa che lo ha reso possibile. Capito, testone?

Sì. SI'! SI'! Fu un crescendo di 'sì'. Finalmente aveva capito. Uscì dal portone con la voglia di gridare la sua felicità al mondo.

Avrebbe voluto prendere la prima donna che passava , sollevarla da terra e far con lei un giro di valzer.

Si diresse verso il sottopassaggio che conduceva alla metropolitana con il suo passo svelto e giovane.

Accadde tutto all'improvviso. Sentì che le gambe diventavano insopportabilmente pesanti, al punto che non poteva neppure sollevare i piedi. Riusciva soltanto a trascinarli incespicando.

Una strana sensazione improvvisamente lo aggredì al torace. Era come un peso insostenibile non tanto perché doloroso quanto perché gli impediva quasi di respirare.

Voleva chiedere aiuto ma non riusciva a formulare le parole. Emetteva soltanto rantoli.

Le ginocchia non lo ressero e cadde riverso sul selciato. Sentiva intorno a sé molta agitazione, voci che si sovrapponevano, qualcuno che chiamava il Pronto Soccorso, una voce di donna che raccomandava di non spostarlo da dove si trovava.

Pensò a Vittorio e ai momenti vissuti con lui da quando si erano ritrovati.

Gli venne in mente l'episodio della stazione. *'Hai visto che avevo ragione io?'* avrebbe voluto dirgli. Capì che stava sorridendo.

Poi, dapprima sfocata, e quindi sempre più nitida riconobbe la figura di Paolo che, con il volto sorridente, avanzava verso di lui tendendogli una mano.

Franco si sentì sommerso da un'ondata di irrefrenabile felicità. Gli sorrise a sua volta. Afferrò la mano che Paolo gli porgeva e avvertì il calore che essa emanava.

'*E io con te!*' ricordò seguitando a sorridere. '*Finalmente.*' La strinse forte e non volle più lasciarla.

Sentì il bisogno insostenibile di chiudere gli occhi: era come una sensazione quasi di benessere. Abbassò le palpebre e si lasciò scivolare giù nel buio, sempre più giù. Sempre di più.

I miei ringraziamenti più
affettuosi vanno
ad Alfredo
per non avermi abbandonato un solo istante

e

a Carla e a Massimo
per essere stati sempre così generosamente disponibili.

Vi voglio bene.

Indice

Finito di stampare nel mese di Settembre 2012
per conto di Youcanprint *Self- Publishing*

www.ingramcontent.com/pod-product-compliance
Lightning Source LLC
Chambersburg PA
CBHW051826170626
46807CB00003B/1040